Mord im Zoo

Charlotte Bienert ermittelt wieder

Christine Zilinski

neobooks

Impressum

Texte:	© Copyright by Christine Zilinski
Umschlag:	© Copyright by Christine Zilinski
Verlag:	epubli ein Service der Neopubli GmbH Prinzessinnenstraße 20 10969 Berlin
Druck:	epubli, ein Service der neopubli GmbH, Berlin

Printed in Germany

Kapitel 1

„Oh verdammt!", Charlotte fluchte, während sie den Topf mit der überkochenden Kokosmilch von der Herdplatte zog. Sie war heute extra früher aus der Redaktion nach Hause gekommen, um ihre Willkommensüberraschung vorzubereiten. Charlotte kochte gerade einen Kokosmilchpudding mit Vanillegeschmack. Das war Sannes Lieblingsessen. „Na großartig", stieß Charlotte wütend aus, als sie sah, wie sich die übergelaufene Milch zu einem schwarzen Rest auf der Herdplatte einbrannte. Schnell drehte sie den Herd aus und hob den Deckel vom Topf. Heißer Dampf stieg ihr ins Gesicht und Charlotte kniff die Augen zusammen. Als sie den Topfinhalt umrührte, sah sie, dass die Milch noch nicht am Boden festgebacken war. „Na, dann kann ich wenigstens den Rest noch verwenden", sagte sie seufzend. Sie warf einen Blick auf die Küchenuhr. 16:25 Uhr. Charlottes Schwester Sanne, eigentlich Susanne, und ihr Freund Christoph sollten jede Minute zuhause ankommen. Und tatsächlich, in diesem Moment hörte Charlotte, wie die Haustür aufgeschlossen wurde. „Juhuuu", klang Sannes helle Stimme fröhlich durch den Flur. „Juhuuu", echote Charlotte ebenso fröhlich zurück und steckte den Kopf aus der Küchentür. Sanne wuchtete ächzend ihren Koffer in die Diele, dicht gefolgt von Christoph. Er schleppte einen noch größeren Koffer in die Wohnung, gefolgt von einem Handgepäckskoffer sowie zwei Tüten, die er schwitzend auf dem großen Koffer abstellte. Eine der Tüten kippte laut scheppernd wieder vom Koffer.

Charlotte lief in den Flur und nahm beide grinsend in die Arme. „Willkommen zurück!“, sagte Charlotte strahlend. Dann, als ihr ein aufdringlicher Schweißgeruch in die Nase stieg, sagte sie naserümpfend: „Aber vielleicht geht ihr lieber schnell noch duschen.“

Nachdem Sanne und Christoph geduscht hatten und ihre Koffer ausgepackt waren, überreichte Sanne Charlotte eine kleine Geschenktüte. „Hui, was ist denn da drin?“, fragte Charlotte neugierig und griff in die Tüte. Ihre Finger umschlossen mehrere kleine, kegelförmige Gegenstände. Sie zog die Hand hervor und hielt ein weißes Muschelarmband zwischen den Fingern. „Oh das ist aber hübsch, vielen Dank!“, sagte Charlotte fröhlich und legte es an. „So, und jetzt erzählen wir dir erst mal, was so abgeht auf den Bahamas“, sagte Sanne grinsend und zog Charlotte am Arm ins Wohnzimmer. Gemeinsam fläzten sich die drei im Wohnzimmer auf die Couch. „Also es fing schon mal damit an, dass unser Flieger zu spät losgeflogen ist“, begann Christoph und seufzte theatralisch.

Eine halbe Stunde später hatten alle drei während dem Erzählen den Kokosmilchpudding gegessen. Sanne stand auf und lief in die Küche. Kurz darauf kehrte sie mit einer Sektflasche zurück. Es war Reif auf der Flasche, also musste sie sie vor dem Duschen noch in die Tiefkühltruhe gelegt haben. Irritiert zog Charlotte die Augenbrauen zusammen. „Gibt’s ‘nen Anlass? Außer natürlich, dass euer Flieger nicht abgestürzt ist?“, feixte sie, denn Sanne hatte leichte Flugangst. Doch Charlottes Schwester ignorierte geflissentlich den Seitenhieb und wippte auf den Fußspitzen. Sie sah aus, als müsste sie unbedingt etwas loswerden. „Wir haben Neuigkeiten“, stieß sie dann schnell hervor und sah zu Christoph hinüber. Charlotte sah von einem zum anderen und riss erwartungsvoll die Augen auf. Dann sagten Sanne und Christoph unisono: „Wir sind verlobt!“ Und mit einem lauten Plopp ließ Sanne den Korken aus der Flasche knallen. „Hey, Wahnsinn!“ Charlotte lachte, erhob sich und umarmte beide. „Wurde ja auch Zeit!“ Einen kurzen Augenblick lang durchzuckte sie der Gedanke, dass sie selbst keinen festen Freund hatte. Und das mit 29. Ihre vier Jahre ältere Schwester stand dagegen nun bereits vor der Hochzeit. ‚Ach, jetzt hör‘ auf, dich selbst zu bemitleiden‘, dachte Charlotte und wischte den Gedanken beiseite. Christoph sprang auf und holte drei Sektflöten aus der Küche. Dann goss er ihnen ein. „Prost! Auf euch!“, sagte Charlotte lächelnd und sie stießen an. Sanne nahm einen großen Schluck, dann zog sie ihr Handy hervor. „Ich zeig‘ dir mal die Schnappschüsse, die direkt nach dem Antrag gemacht wurden.“ Sie hielt Charlotte ihr Telefon unter die Nase. Charlotte erkannte auf dem leicht unscharfen Foto ihre Schwester und Christoph, die mit angespannten Gesichtern in die Kamera blickten. Der Umgebung nach musste das Bild in einem Restaurant entstanden sein. „Hier, das war direkt nach dem Antrag. Ich seh‘ ja echt ein bisschen aus wie ein angeschossenes Reh. Ich war total geschockt. War aber echt romantisch, hätt‘ ich gar nicht gedacht vom Christoph“, grinste Sanne. „Hey hey“, protestierte dieser. „Macht man ja in der Regel nur ein Mal.“ „Wollen’s hoffen“, stichelte Sanne, immer noch grinsend. Charlotte fragte jetzt an Christoph gewandt: „Und, wie hast du’s gemacht? Wenn man fragen darf.“ Christoph hielt sein Sektglas in ihre Richtung und sagte: „Du darfst. Eigentlich ganz klassisch, ich hab' den Ring in den Nachtisch gedrückt, als wir beim Essen waren. Ich hab' kurz 'nen Löffel vom Tisch geschubst und als sie sich danach runtergebeugt hat, zack, war der Ring drin. Wenn du genau hinschaust, siehst du wahrscheinlich noch braune Schokoladenmousse-Reste an ihren Fingern." Charlotte nahm das Smartphone nun in die Hand und zoomte das Foto größer. Dann grinste sie Christoph bestätigend an. „Und habt ihr schon überlegt, wann und wie und wo?" Ihre Schwester zuckte die Schultern und Christoph antwortete: „Naja, eins nach dem anderen. Jetzt müssen wir erst mal schauen, wann wir beide zeitgleich Urlaub bekommen können. Und dann fängt der übliche Planungswahnsinn an." Er lehnte sich im Sessel zurück und stieß Luft aus. „Da freue ich mich schon tierisch drauf", sagte er sarkastisch. „Ach komm', so schlimm wird's schon nicht werden", sagte Sanne und tätschelte ihm das Knie. Dann drehte sie sich zu Charlotte um. „Und, was gibt's hier so Neues?" „Ach, eigentlich nicht viel", sagte Charlotte und winkte ab. „Im Vergleich zu eurem Sommer war meiner hier eher lahm." Dann erzählte Charlotte, wie sie öfter Herrn Nilsson im Zoo besucht hatte.

Herr Nilsson war ein kleines Totenkopfäffchen. Es war die letzten Monate von Sanne und gelegentlich auch von Charlotte in ihrer WG aufgepäppelt worden. Mittlerweile war Herr Nilsson wieder in seiner tierischen Eingliederungsgruppe im Stuttgarter Zoo, der *Wilhelma*. Dort sah ihn Sanne während ihrer Arbeitszeiten als Tierpflegerin praktisch jeden Tag. Charlotte hatte dem kleinen Langfinger während Sannes Karibik-Urlaub öfter einen Besuch abgestattet. „Und, wie geht's dem kleinen Stinker?", fragte Sanne fröhlich. „Ach, so wie immer. Ärgert deine Kollegen und klaut den anderen Affen das Essen." Sannes Gesichtsausdruck wechselte urplötzlich von fröhlich zu erschrocken. „Oh mann, ich muss noch unseren Eltern Bescheid geben. Da ruf' ich jetzt am besten gleich an. Und dann trommeln wir noch die Mischpoke zu einer kurzfristigen Verlobungsparty für Sonntag zusammen", sagte Sanne eifrig. Dann lief sie in den Flur, um ihr Festnetz-Telefon zu holen. „Verlobungsparty? Übermorgen?", fragte Charlotte jetzt Christoph, da Sanne schon mit dem Hörer am Ohr durch die Wohnung lief. Christoph schürzte die Lippen, schloss die Augen und nickte einmal. „Du kennst doch Sanne. Spontan ist ihr zweiter Vorname."

Kapitel 2

Um die beiden Turteltäubchen bei ihrer Partyvorbereitung zu unterstützen, bot Charlotte am Samstag an, gemeinsam mit ihrem besten Freund Max einkaufen zu gehen. Max war seit Schulzeiten Charlottes steter Begleiter und bis heute ihr einziger enger Freund. Max war, wie die meisten schwulen Männer, mit einem guten Modegeschmack gesegnet. Und als freiberuflicher Visagist war sein Auge für Dinge, die Frauen noch schöner machten, besonders geschult. Daher beriet er Charlotte regelmäßig bei ihren gemeinsamen Einkaufstouren oder brachte ihr Schminktricks bei. Nun war Max seit ein paar Tagen aus dem Rom-Urlaub mit seinem neuen Freund und Namensvetter Max zurück. Während er den Einkaufswagen mit Chips, Dips und Spirituosen vollllud, schilderte Max seinen Trip in die ewige Stadt in den schillerndsten Farben. Munter plapperte er: „Ich sag‘ dir, der Max ist ja echt so ein Goldstück, der spricht ja fast fließend Italienisch. Das war unfassbar bequem. Und ich bin mir sicher, dass unser Essen deswegen auch viel besser geschmeckt hat als bei den anderen Touris... naja. Wird langsam mal Zeit, dass du den auch kennenlernst! Ach, ihr versteht euch bestimmt glänzend...“, er seufzte verträumt. „Jahaaa... bestimmt. Aber jetzt lass‘ uns doch erst mal das nächstliegende Ziel anvisieren, Stichwort Partyvorbereitung“, erwiderte Charlotte, die sich grade vor dem Spirituosen-Regal nach dem Blue Curaçao für die geplanten Cocktails streckte.

Von den eingeladenen Freunden und Kollegen hatten nur etwa 10 Leute Zeit am Sonntag. Doch als die kleine Feier begann, war die Stimmung nichtsdestotrotz ausgelassen und fröhlich. Sanne trug über ihrem ärmellösen Shirt einen Kokosschalen-BH, dazu bequeme Capri-Shorts. Auch Christoph machte den Spaß mit und trug einen solchen Büstenhalter, allerdings ohne T-Shirt darunter. Max war auch zur Feier eingeladen und half dabei, Cocktails zu mixen. Er hatte sich extra eine Fliege umgebunden und sah auch sonst schwer nach Barkeeper aus: Weste, weißes Hemd und schwarze Hose. Den Kokos-BH trug er natürlich nicht. Auch Charlotte hatte den Kokos-BH verweigert und trug ein leichtes, lindgrünes Sommerkleid, das ihr um den Körper wehte. Ihr schulterlanges, brünettes Haar trug sie heute offen. Charlotte reichte Häppchen oder räumte Geschirr in die Spülmaschine. Im Hintergrund lief entspannte Reggae-Musik, die Sanne und Christoph aus ihrem Urlaub mitgebracht hatten. Es passte zu der schwülen Hitze in ihrer Wohnung. Ihre spärliche Zimmerpalme im Wohnzimmer hatten Charlotte und Sanne vor der Party mit Bast umwickelt und ein paar Kokosnüsse in und neben den Topf gelegt. So versuchten sie, die Schäden zu kaschieren, die das Äffchen Herr Nilsson hinterlassen hatte. Einzelne Bissspuren waren dennoch am malträtierten Stamm und den länglichen Blättern der Palme zu erkennen. Eine junge, schüchtern wirkende Frau mit rotgefärbten Haaren trat nun an die Bar. Genaugenommen war die Bar ein hüfthohes Regal, das mit Bast umwickelt war. Obenauf stapelten sich noch leere Gläser mit vorbereitetem Zuckerrand. Die rothaarige Frau sagte: „Einen Gin Tonic, bitte.“ „Sehr gerne“, Max gab sich galant und füllte die beiden Zutaten in ein Glas, nachdem er Crushed Ice hineingeschaufelt hatte. Nachdem er eine Limettenscheibe obenauf gelegt hatte, überreichte er ihr den Drink mit einer übertriebenen Verbeugung. Dabei zwinkerte er charmant, und Charlotte dachte ein ums andere Mal: ‚Wenn du nicht schwul wärst, hättest du fünf Frauen an jeder Hand, mein Lieber.'

Als Charlotte für eine Toilettenpause ins Bad gehen wollte, sah sie im Flur, wie Christoph gerade mit einem leicht übergewichtigen, jungen Mann aus Sannes Zimmer kam. Der Andere hatte einen Laptop unter dem Arm und klopfte Christoph auf die Schulter. „Also Chris, nimm's mir nicht übel, aber ich pack's jetzt. Morgen früh laufen ein paar SSL-Zertifikate aus und die muss ich dringend noch verlängern lassen. Gib' Sanne einen Kuss von mir", fügte er noch grinsend hinzu und war im nächsten Augenblick durch die Tür. ‚Das muss einer von Christoph Kollegen aus der IT sein', dachte Charlotte. Ohne dass sie gefragt hätte, sagte Christoph: „Das war Toni. Wir mussten noch kurz was unter vier Augen klären." Er zwinkerte und lief weiter. Charlotte runzelte die Stirn. „Und dafür braucht er seinen Rechner?" Christoph zuckte nur die Schultern, blieb aber nicht stehen. Charlotte schüttelte den Kopf und widmete sich wieder ihrem eigentlichen Ziel. Sie wollte soeben die Badezimmertür öffnen, als sie auf eine verschlossene Tür stieß. „Einen Augenblick", ertönte es von innen und Sekunden später erschien die rothaarige Frau in der Tür. „Jetzt ist das Bad frei", sagte sie freundlich lächelnd. „Kein Problem", erwiderte Charlotte ebenso freundlich und trat beiseite.

Als Charlotte ins Wohnzimmer zurückkehrte, bat sie Max, ihr einen alkoholfreien Mojito zu mixen. Charlotte begann zu Gähnen. „Also ich glaube... ich geh demnächst poofen", sagte sie zu Max. Der legte ihr einen Arm um die Schultern und lehnte sich gemeinsam mit ihr gegen die Bar. „Nein nein, meine Schnecke, jetzt kommt der beste Teil des Abends. Jetzt raten wir, wer zu wem gehört", sagte er geheimnisvoll. „Hm?", müde hob Charlotte die Augenbrauen. Max deutete auf eine schwarz gekleidete Frau mit dunklem Kajal um die Augen, die ein Nieten-Armband trug. „Was ist mit ihr: Seite der Braut oder des Bräutigams?" Charlotte ging auf das Spiel ein und sagte: „Seite der Braut. Das ist Julia, die Sandkastenfreundin von Sanne." „Alles klaaar", sagte Max unbeeindruckt und ließ den Blick weiter streifen. Als er auf eine gepiercte, knapp 18-Jährige deutete, sagte er: „Auch Seite der Braut, oder?" Charlotte lächelte. „Woran du das nur erkannt hast. Vielleicht am Gecko-Tattoo auf dem Unterarm?" Max zuckte die Schultern und ignorierte die Kritik geflissentlich. Viele von Sannes Tierpfleger-Kollegen ließen sich ein Abbild ihres Lieblingstiers auf die Haut stechen. Jetzt nahm Max die rothaarige Gin-Tonic-Trinkerin in den Fokus: „Ok, bei der kann ich es echt nicht abschätzen. Sag' du!" Charlotte flüsterte: „ Ich hab' vorhin gehört, wie sie von der Entwicklung einer Wahnsinns-App erzählt hat und dass sie damit demnächst garantiert Kohle scheffeln würde. Also Bräutigam." Max zog ein übertrieben anerkennendes Gesicht. „Hm... vielleicht muss ich doch das Ufer wechseln... irgendjemand muss ja meinen luxuriösen Lebensstil in Zukunft finanzieren", sagte er feixend. Charlotte tat empört. „Also wenn du schon hetero wirst, dann wohl für mich, mein Lieber!“

Kapitel 3

Als Charlottes Wecker am nächsten Montagmorgen klingelte, bekam sie nur mühsam die Augen auf. Sanne war schon längst außer Haus. Wahrscheinlich hatte sie gar nicht geschlafen, sondern die Nacht durchgemacht. Die Schichten im Zoo begannen nun einmal früher als der Büroalltag in Zeitungsredaktionen. Charlotte wälzte sich grummelnd aus den Federn und schlurfte demotiviert in die Küche. Dort öffnete sie als Erstes ein Fenster, um die angenehm kühle Morgenluft hereinzulassen. Sie ignorierte den katastrophalen Zustand der Küche: Zahllose Teller mit Essensresten, schmutzige Gläser und Alkoholflaschen stapelten sich auf der Arbeitsfläche und auf dem Boden. Charlotte schob sich den Weg zur Kaffeemaschine frei und schaltete das Gerät an. Während das erste Heißgetränk des Tages durchlief, streckte Charlotte sich ausgiebig und sog gierig die kühle Luft ein, die durch das Fenster hereinwehte. Dann lief sie mit ihrem Kaffee ins Bad. Sie wusch sich das Gesicht mit kaltem Wasser, um wach zu werden und cremte es sich anschließend ausgiebig ein. Die Wettervorhersage im Radio sprach von über 30 Grad, die es heute in Stuttgart heiß werden sollte. Daher entschied sich Charlotte für eine weiße Capri-Hose und ein ärmelfreies, pinkes Top.

Während sie vor dem Spiegel stand, um sich zu schminken, tauchten vor ihrem geistigen Auge plötzlich unvermittelt Bilder auf. Bilder, die sie wochenlang verdrängt hatte. Trotzdem schlichen sie sich immer wieder in ihr Bewusstsein. Jetzt sah Charlotte die Ereignisse vom vergangenen

Mai wieder deutlich vor ihrem inneren Auge. Bilder, wie sie gefesselt und geknebelt auf dem Boden lag. Wie sie dem eigenen Tod ins Auge blickte. Die tödliche Waffe, die auf sie gerichtet war. Der Mann, der versucht hatte, Charlotte zu töten, hatte zuvor seinen ehemaligen Liebhaber umgebracht. Mitten während eines Laienschauspiels im Stuttgarter Landesmuseum. Und Charlotte hatte, als Besucherin des Events, zufällig ein wichtiges Detail dieses Mordes beobachtet. Und war dem Mörder damit unfreiwillig auf die Schliche gekommen. Kurz bevor der Mörder auch Charlottes Leben ein Ende setzen konnte, wurde sie jedoch im letzten Moment gerettet.

Charlotte wischte die Erinnerungen nun forsch beiseite und beeilte sich, schnell fertig zu werden. Keine 10 Minuten später zog sie die Wohnungstür hinter sich zu. Dabei warf sie einen Blick auf ihre Armbanduhr: ‚Hm, den Bus 10 nach könnte ich noch schaffen', dachte sie und sprintete los. Sie genoss die Kühle, die jetzt noch ein schweißfreies Bewegen und Arbeiten ermöglichte. Sie war auf dem Weg zum Waiblinger Redaktionsgebäude der *Weinstadt Woche*. Charlotte war für das wöchentliche Blatt als Redakteurin tätig und kümmerte sich seit neuestem um die Rubrik *Aktuelles*. Zwar hatte sich ihr Kollege Sebastian Pfeiffer bis vor kurzem die Rubrik mit ihrem Chefredakteur Andreas Richling geteilt. Doch spätestens seit Charlottes Bericht über den Mord im Museum war ihr der Sprung aus der *Kunst&Kultur*-Rubrik zur Königsdisziplin, der *Aktuelles*-Rubrik, gelungen. Als es nur noch wenige Meter bis zur Haltestelle waren, fuhr gerade der Bus Richtung Waiblingen ein. ‚Yees', frohlockte Charlotte und verlangsamte ihren Schritt. Sie reihte sich in die Schlange der Wartenden ein und wartete, dass sich die Bustüren öffnen würden. Während sie nach ihrer Fahrkarte angelte, klingelte ihr Handy. Überrascht zog Charlotte ihr Telefon hervor. Um diese Uhrzeit erhielt sie eigentlich nie Anrufe. Sie warf einen Blick aufs Display: Sanne. Schnell nahm sie den Anruf an. „Jaaa, was gibt's denn?", fragte Charlotte angespannt, denn gleich hatte sie die Bustür erreicht. „Wo bist du grade?" Die Panik in Sannes Stimme versetzte Charlotte sofort in Alarmbereitschaft. Sie blieb stehen. Ein älterer Mann, der hinter ihr in der Schlange gelaufen war, hatte das nicht bemerkt und stolperte in sie hinein. Charlotte registrierte es kaum. „Was ist los?", fragte sie knapp. „Komm sofort in die *Wilhelma*, hier ist was passiert. Ich hab' grad 'ne Leiche gefunden!" Und schon hatte Sanne aufgelegt. Wie betäubt hörte Charlotte dem Tuten in ihrem Handy nach. Obwohl es noch nicht warm war, begann sie augenblicklich zu schwitzen. Charlotte ließ den Apparat sinken und trat vom Bus weg. „Na endlich, Kindchen", zischte der alte Mann, der sich an ihr vorbeidrängelte und sich stöhnend die Treppen des Busses hochhievte. Charlottes Gedanken überschlugen sich. ‚Ok, nachdenken Charlotte', sagte sie zu sich selbst. ‚U-Bahn. Ich muss mit der U-Bahn in die *Wilhelma*.' Charlotte reckte den Kopf, um sich kurz zu orientieren und rannte dann los in Richtung U-Bahn.

Kapitel 4

Charlottes wurde fast wahnsinnig. ‚Leiche. Schon wieder', schoss es ihr durch den Kopf. Während sie sich mit der U-Bahn gefühlt im Schneckentempo fortbewegte, nutzte sie die Zeit, um ihren Chef Richling anzurufen. „Ja hi, äh... ich ruf' nur an... also ich komm' etwas später heute." Charlotte schloss die Augen und drückte sich den Handteller an die Stirn. Sie hätte sich das besser überlegen sollen. „Ich muss zum Arzt", schob sie lahm hinterher. Natürlich kaufte ihr Chef Charlotte das nicht ab. „Wieso klingst du dann so panisch? Ist was passiert?", kam es prompt aus der Leitung. Charlotte seufzte. „Oh mann, Andreas, bitte, ich... kann dir noch nicht sagen, warum, aber ich muss jetzt leider was dazwischenschieben. Ich komm' danach ganz bestimmt in die Redaktion und erklär' dir alles", sagte sie, während sie ihre Finger kreuzte. „Wehe, wenn das aber kein guter Grund ist, Fräulein", erwiderte Richling frostig. Er titulierte Charlotte gerne mit solchen Verniedlichungen, vor allem wenn er wütend war. „Du weißt genau dass du die Artikel für die nächste Ausgabe layouten sollst." Ohne Richling weiter zuzuhören, legte Charlotte auf. Sie hatte jetzt keinen Nerv für die Launen ihres Chefs. Die U-Bahn hatte endlich die letzten Meter bis zum Rosensteinpark erreicht. Hier war eine der Haltestellen des Zoos. Charlotte stand bereits ungeduldig an der Tür und drückte hektisch auf den Türöffner. Sobald die U-Bahn anhielt und sich die Türen mit dem hydraulischen Geräusch öffneten, stürmte Charlotte los. Nach wenigen Minuten erreichte sie den unscheinbaren Nebeneingang der *Wilhelma*, und im Kassenhäuschen saß eine Frau. Sie war kurz vor dem Rentenalter. Charlotte erkannte sie und rief schnell: „Frau Breuer, schnell, machen Sie mir bitte auf, ich muss sofort zu Sanne. Da ist irgendwas passiert!“ Die alte Frau erhob sich schwerfällig und tauchte wenig später neben Charlotte an der Tür auf. „Was ist denn los, Charlotte?“ „Schnell, machen Sie auf, ich kann es jetzt leider nicht erklären!“ Die Frau runzelte die Stirn, folgte dann aber Charlotte Drängen und schloss die Tür auf. „Verrücktes Kind“, murmelte sie dabei. „Danke“, stieß Charlotte noch hervor, dann rannte sie direkt weiter, in Richtung Affenhaus, wo sie Sanne vermutete.

Sie wusste, dass ihre Schwester morgens mit dem Zubereiten des Frühstücks für ihre Gorillas beschäftigt war. Charlotte lief am Haupteingang des Affenhauses vorbei und steuerte direkt auf den hinteren Bereich des Gebäudes zu. Dort befand sich die nicht-öffentlichen Futterküche. Und tatsächlich: Vor der Tür zur Küche stand Sanne. Neben ihr standen zwei weitere Kollegen, die merkwürdig blass um die Nase waren und nervös rauchten. Alle trugen grünbraune Tierpfleger- Shorts und T-Shirts der *Wilhelma*. Sannes wilde Locken standen in allen Richtungen von ihrem Kopf ab und sie reckte erleichtert ihre Arme zum Himmel, als sie Charlotte erblickte. Charlotte blieb stehen und rang keuchend nach Luft. Wild gestikulierend sagte Sanne: „Oh mein Gott, Charlotte, ich werd‘ irre! Und das an meinem ersten Tag nach dem Urlaub!“ Schwer atmend fragte Charlotte: „Was ist denn überhaupt passiert? Und ist die Polizei schon verständigt?“ Ungeduldig erwiderte Sanne: „Jaaa, Herrgott, die kommen jede Minute. Der Notarzt mit seinem Hiwi ist schon da.“ Dabei ruderte Sanne wild mit einem Arm in Richtung der Türe, die sich hinter ihr befand. „Also, ich sag's dir, ich komm' ohne was zu ahnen in die Futterküche. Und dann seh' ich als erstes nur Füße, dann Beine und dann schau' ich hoch, und da seh' ich den Konstantin! Erhängt! Der hat sich erhängt!" Jetzt, wo Sanne das endlich gesagt hatte, stieß sie befreit Luft aus und machte anschließend einem unterdrückten Wutschrei Luft. „Ehrlich, warum muss mir das passieren?" Jetzt starrte Charlotte ihre Schwester entgeistert an. „Das...äh naja... für Konstantin ist das bestimmt schlimmer, oder? Also natürlich ist das schlimm, dass du ihn entdeckt hast", fügte Charlotte kleinlaut bei, als Sanne sie mit vorwurfsvollem Blick ansah. „Ähm, wann... wann hast du denn den Konstantin entdeckt?" Charlotte kannte den Tierpfleger nur flüchtig. Er war für die nachtaktiven Eulen und Fledermäuse zuständig, das wusste sie. Und dass er daher kaum Überschneidungen mit Sannes Zuständigkeitsbereich hatte, den Primaten. Sanne schüttelte den Kopf, dann antwortete sie auf Charlottes Frage. „Ja, keine Ahnung, so gegen viertel nach sieben, schätze ich. Dann hab' ich erst mal geschrien wie am Spieß und Leo und Tanja kamen angerannt, die waren hier in der Nähe." Sie deutete mit ihrem Kopf in Richtung ihrer beiden Kollegen, die immer noch rauchend und schweigend dastanden. Leo, ein dicklicher Kollege mit dünner werdendem Haar, nickte jetzt und sagte: „Die Sanne hat so laut g'schrie, ich 'dacht, die Viecher san aus'broche." Charlotte wandte sich kurz an ihn: „Haben Sie... also, sind Sie da rein?", dabei deutete sie mit dem Zeigefinger in Richtung der Türe, hinter der der Tote war. Schnell schüttelte der Angesprochene den Kopf. „Im Lebe net, net freiwillig." Auch die andere Kollegin, Tanja, reagierte bestürzt. „Keine zehn Pferde kriegen mich da rein. Aber wir wollten Sanne jetzt nicht alleine lassen“, mit diesen Worten blies sie Rauch aus und ließ den glimmenden Zigarettenstummel zu Boden fallen, den sie mit einer resoluten Fußbewegung austrat. Charlotte wandte sich wieder an Sanne. Sie hatte keine Ahnung, was ihre Schwester jetzt von ihr erwartete. Schließlich entschied sich Charlotte für die logischste Konsequenz. „Ok, Sanne, das Beste ist... wir warten hier bis die Polizei kommt...“, weiter kam sie nicht. Mit zusammengezogenen Augenbrauen blickte Sanne sie an und zog sie ungeduldig aus der Hörweite der beiden Kollegen. Dann raunte sie ihrer Schwester ins Ohr: „Ne, Charlotte, ich hab’ dich nicht angerufen damit wir hier rumstehen. Geh‘ mal kurz da rein und schau‘ dir die Leiche an! Da stimmt was nicht, das kann ich dir aber sagen!“ Charlotte dachte, sich verhört zu haben: „Äh... wie bitte? Ich soll mir die Leiche ansehen?“ „Jaaa, wenn ich es dir doch sage! Du hast doch schon mal ‘nen Mord aufgeklärt.“ „Was?! Nein! Hab’ ich nicht! Außerdem wär‘ ich dabei fast draufgegangen, falls du dich erinnerst!“, fuhr Charlotte Sanne an. „Ja, das weiß ich doch, und es passt mir ganz und gar nicht, dass ich dich jetzt da mit reinziehe, aber dieses Mal steck‘ ich in der Klemme! Ich brauch‘ deine Hilfe“, erwiderte Sanne, nun deutlich drängender. „Der Konstantin hat ‘nen Abschiedsbrief hinterlassen. Der war an mich adressiert! Aber ich hab’ mit dem doch absolut gar nichts zu tun. Da stimmt was nicht! Los, beeil‘ dich, gleich ist die Polizei da!“ In Charlotte rumorte es. „Was? An dich adressiert? Aber wieso...?“ Dann erst zog Charlottes Gehirn Sannes Bitte in Betracht. „Aber... wie soll das denn gehen, der Notarzt schmeißt mich doch hochkant wieder raus! Der muss doch bestimmt aufpassen, dass sich keiner der Leiche nähert.“ „Ach, den bequatsch‘ ich schon irgendwie! Los, jetzt mach‘ endlich! Ich will hier nicht als Mordverdächtige enden!“ Kurzerhand schob Sanne ihre Schwester zu der Tür und ging gemeinsam mit ihr hindurch.

Im Vorraum zur Futterküche stand ein junger, pickeliger Zivi in roter Hose und weißem Polo-Shirt. Er sah ähnlich blass aus wie die beiden Tierwärter draußen vor der Tür. Der junge Mann hatte die Hände in den Hosentaschen verstaut und schien darauf zu warten, dass ihn endlich ein neuer Notruf von hier wegbrachte. Er sah erschrocken zu den beiden Frauen, die sich ihm näherten, doch Sanne ignorierte ihn. Sie schritt zielstrebig auf die metallene Tür der Futterküche zu, hinter der der Tote und der Notarzt sich aufhielten. Charlotte zog sie einfach mit sich. Schwach wandte der Zivi ein: „Ähm, hallo, Sie können da nicht rein“, doch schon hatte Sanne die Tür aufgestoßen. Mit einem Mal standen die zwei Schwestern in dem kühlen, gekachelten Raum, in dem eine Neonröhre an der Decke flackerte. Unter anderen Umständen wäre die Kühle im Zimmer angenehm gewesen. Doch die Anwesenheit einer Leiche machte jedes positive Gefühl zunichte. Charlotte registrierte, dass der Notarzt mit dem Rücken zur Tür stand und über ein Klemmbrett gebeugt war. Darauf machte er sich wahrscheinlich Notizen zum Leichenfund. Noch hatte der Mann die beiden Frauen nicht entdeckt, und Charlotte beeilte sich mit rasendem Puls, so viel wie möglich vom Raum aufzunehmen, bevor der Arzt sich umdrehte. Ein schwacher Geruch nach Obst und Gemüse, gemischt mit Heu und einem leichten Chlorgeruch hing in der Luft. An den Wänden nahe der Tür waren verschiedengroße Kartons und Kisten gestapelt, die entweder leer oder mit Lebensmitteln gefüllt waren. Auch eine leere Schubkarre stand in der Ecke. Am gegenüberliegenden Raumende befand sich eine riesige Küchenspüle aus Edelstahl neben einer hölzernen Arbeitsplatte. Oberhalb der Spüle war ein Desinfektionsbehälter mit Pump-Hebel angebracht. Neben der Arbeitsplatte stand ein Kühlschrank und surrte laut, doch er fiel Charlotte schon nicht mehr auf. Sie starrte unausweichlich auf den jungen Mann, der von der Decke hing. Charlotte konnte den Blick nicht von seinem Gesicht abwenden: Sie fühlte sich von dem Anblick gleichzeitig erschüttert und magisch angezogen. Das Gesicht des Toten sah rot und geschwollen aus, die Augen waren geschlossen, der Mund dagegen geöffnet. Die Zunge war angeschwollen und ragte aus dem Mund. Der Tote hing mit einem Strick um den Hals von der Decke. Dort war das Seil durch einen Haken gezogen und verknotet worden. Um endlich nicht mehr das Gesicht des Toten sehen zu müssen, schloss Charlotte kurz die Augen. Nach wenigen Sekundenbruchteilen riss sie die Augen aber wieder auf und zwang sich dazu, den Rest der Leiche genauer zu begutachten. Der junge Mann trug Arbeitskleidung. Auf der linken Brustseite des Pullovers prangte der obligate *Wilhelma*-Elefant. Nur an seinen Füßen trug er lediglich Socken, aber keine Schuhe. Die Arme hingen schlaff am leblosen Körper herunter. Unter der Leiche lag ein Schemel, der umgestoßen worden war. Wortlos stieß Sanne jetzt Charlotte an und deutete mit dem ausgestreckten Zeigefinger auf den Schemel, der umgekippt unter der

Leiche auf dem Boden lag. Charlotte blickte ihre Schwester entgeistert an und zog die Schultern hoch, wie um zu fragen: ‚Was soll mir denn auffallen?‘ Sanne deutete unbeirrt auf den Schemel und flüsterte: „Das Teil ist maximal 30 Zentimeter hoch. Schau‘ mal, wie hoch Konstantin hängt.“ In diesem Moment bemerkte sie der Notarzt. Er drehte sich abrupt um und fuhr die beiden an: „Was haben Sie denn hier zu suchen? Raus hier, aber sofort!“ Charlotte nickte und tat so, als würde sie sich abwenden, doch eine Sekunde nahm sie sich noch Zeit, um den Abstand zwischen den Fußspitzen des Toten und dem Fußboden abzuschätzen. Dann begriff sie. Und ihr stellten sich die Härchen auf den Armen auf: Die Leiche hing viel zu hoch für den Schemel. „Raus hier!“, bellte der Notarzt jetzt noch wütender, und Charlotte und Sanne setzten sich in Bewegung. Aber bevor sie nach der Türklinke greifen konnte, wurde die Tür von der anderen Seite aufgestoßen und Charlotte konnte grade noch ausweichen, um nicht die Türkante ins Gesicht zu bekommen. „Frau Bienert! Ich glaube es nicht, was machen Sie denn hier!“ Laut und wütend fuhr Kriminalhauptkommissar Paul Jankovich Charlotte an. Er stieß die Tür noch weiter auf und funkelte Charlotte feindselig an. Im ersten Moment war Charlotte vollkommen überrumpelt. Sie hatte zwar damit gerechnet, dass die Polizei sehr bald nach dem Notarzt am Tatort ankommen würde. Aber mit Paul Jankovich hatte sie nicht gerechnet.

Jankovich und Charlotte hatten sich seit ihrer Begegnung im Krankenhaus letzten Mai nicht wiedergesehen. Dort hatte sie gelegen, nachdem Jankovich sie davor bewahrt hatte, ebenfalls zum Mordopfer zu werden. Er war derjenige gewesen, der sie in letzter Sekunde gerettet hatte. Charlotte hatte sich, zunächst gegen seinen Willen, in die damaligen Ermittlungen eingemischt. Und gemeinsam waren sie so dem Mörder auf die Schliche gekommen. Der Kommissar sah immer noch genauso aus, wie Charlotte ihn in Erinnerung hatte: Er war etwa 35 Jahre alt, groß, schlank, trug eine Lederjacke, die das Waffenholster an der Hüfte verdeckte, und hatte blonde Haare. Seine Augen waren blau, und, wie Charlotte wusste, von langen Wimpern gesäumt. Doch im Moment waren seine Augen im dunklen Flur nicht so deutlich zu erkennen. Außerdem funkelten sie gerade wenig freundlich in Charlottes Richtung. Jetzt, bei ihrem ersten Wiedersehen seit Wochen, überwand Charlotte ihren Schock und versuchte ein zaghaftes Lächeln. Doch der Kommissar ging nicht darauf ein. Er stellte sich seitlich in die Tür und hielt sie mit seinem Rücken offen. Gleichzeitig machte er eine eilige Bewegung mit dem linken Arm und bedeutete den beiden Schwestern damit energisch, die Futterküche zu verlassen. Als Charlotte wie ein begossener Pudel an ihm vorbeiging, nahm sie wieder seinen vertrauten Aftershave-Geruch wahr, gemeinsam mit dem schwachen Duft seiner Lederjacke. ‚Dass er damit bei den Temperaturen nicht eingeht', schoss es Charlotte durch den Kopf. Während sie beklommen und stumm neben Sanne im Vorraum ausharrte, konnte sie hören, wie Jankovich sich in der Küche kurz mit dem Notarzt austauschte. Dann zog der Kommissar die Tür wieder hinter sich zu und baute sich vor den beiden Frauen auf. Der pickelige Zivi hatte sich unterdessen in die hinterste Ecke des Vorraums verzogen. Der Kommissar verschränkte die Arme und zog die Augenbrauen hoch. „Also?“, fragte er forsch. Charlotte sah ihn aus unschuldig aufgerissenen Augen an. „Ehrlich, ich kann nichts dafür, meine Schwester hat mich angerufen!“ Jankovich fixierte daraufhin Sanne. Diese begann zu stottern. „Ja... also... naja... ich brauch‘ halt seelische Unterstützung, schließlich hab’ ich grad ‘ne Leiche gefunden!“ Trotzig verschränkte Sanne nun ebenfalls die Arme vor der Brust und hob das Kinn. Der Kommissar sah wieder Charlotte an und zeigte mit dem Zeigefinger auf sie, während er sprach. „Sie gehen jetzt bitte mit Ihrer Schwester zu meinem Kollegen nach draußen und verschmutzen nicht weiter den Tatort.“ Drohend fügte er hinzu: „Wir sprechen uns gleich noch.“

Kapitel 5

Charlotte und Sanne standen unruhig im Freien vor der Futterküche. Sie trauten sich nicht, über das, was sie in dem Raum gesehen hatten, zu sprechen, da ein uniformierter Beamter in Hörweite war. Zwar unterhielt er sich grade mit den beiden Kollegen von Sanne, Leo und Tanja, doch vielleicht hörte er ja mit halbem Ohr auch bei ihnen mit. Zudem warfen bereits einige vorbeilaufende Besucher neugierige Blicke zu ihnen. Die Anwesenheit eines Polizisten ließ offenbar Spannendes erahnen. Der Beamte machte sich Notizen zu den Angaben von Leo und Tanja, und bat sie anschließend, an ihre Arbeitsplätze zurück zu kehren. Nachdem die beiden Tierpfleger gegangen waren, näherten sich dem Gorillahaus zwei Männer mit Koffern, die ein paar Worte mit dem Beamten wechselten. Nun trat auch Jankovich gemeinsam mit dem Notarzt und dem Zivi aus dem Gebäude ins Freie. Leise, aber für Charlotte immer noch hörbar, sagte Jankovich zu den Neuankömmlingen: „Ist gut, wir haben uns nicht zu nah am Körper aufgehalten. Wir sind uns ziemlich sicher, dass es kein Selbstmord ist.“ Sofort begannen die Kollegen, aus den Koffern weiße Schutzanzüge zu ziehen und hineinzusteigen. Der Notarzt und sein Hiwi verabschiedeten sich dagegen und zogen mitsamt Notarztkoffer von dannen. Viele Zoobesucher warfen den beiden neugierige Blicke hinterher. Als Jankovich das sah, schüttelte er den Kopf. Dann wandte er sich an die Schwestern. „Gut Sie beiden, ich würde mich gerne in Ruhe mit Ihnen unterhalten. Wo geht das am besten?“ Diese Frage richtete er an Sanne. Sie wies mit dem Kopf nach rechts und sagte: „Drüben bei den Zebras sind Betriebsgebäude, da sollten wir unsere Ruhe haben." Jankovich nickte knapp und bat den Beamten mitzukommen. Gemeinsam passierten sie ein Schild, auf dem „Zutritt nur für Mitarbeiter" stand und liefen zu drei beieinander stehenden grauen Häusern. Sanne betrat das am nächsten liegende Gebäude und die anderen folgten ihr hinein. Sanne sah sich um und zeigte dann auf einen Raum gleich links von ihnen. „Hier ist es meistens ruhig, gehen wir da rein." Sie betraten ein kleines Zimmer, in dem einige Tische zusammengestellt in der Raummitte standen. Charlotte und Sanne setzten sich nebeneinander an ein Ende des Pulkes. Jankovich und sein Kollege nahmen ihnen gegenüber Platz. Der uniformierte Polizist schlug seinen Notizblock auf und machte sich bereit, das nun Folgende zu protokollieren. Jankovich sah Sanne an: „Gut, dann starten wir mal mit dem Standardprozedere: Name und Wohnhaft." Nachdem Jankovich Sannes Personalien abgefragt hatte, sagte er: „Sie haben also die Leiche entdeckt? Gegen wie viel Uhr war das?" „Hm... so gegen kurz nach sieben, denke ich." „Und das ist normalerweise die Zeit, in der Sie das erste Mal morgens die Küche dort betreten?" „Hm... ja, schon. In der Regel." „Wer kennt Ihre Gewohnheiten, beziehungsweise Ihren Arbeitsrhythmus?" Sanne blies sich eine Locke aus der Stirn: „Keine Ahnung, alle... wir haben hier seit Jahren unsere Zuständigkeiten, die kennt hier jeder." Sie lehnte sich zurück und verschränkte die Arme vor der Brust. Jankovich kniff die Augen zusammen und fragte dann: „Wieso haben Sie Ihre Schwester angerufen? Sie müssen doch wissen, dass man keine Zivilpersonen zu einem Leichenfund dazu ruft?" Charlottes Kiefer klappte empört nach unten. ‚Ich bin ja wohl keine Zivilperson', dachte sie wütend. Jankovich bedachte sie mit einem kurzen Seitenblick, fixierte aber weiter Sanne. Diese griff in ihre aufgenähte Hosentasche und zog einen zerknitterten Brief hervor. Sie knallte ihn vor sich auf den Tisch, so dass alle Anwesenden gut die auf dem Umschlag stehenden Worte lesen konnten: „Für Sanne – meine große und einzige Liebe." Wütend fuhr Sanne Jankovich an. „Weil ich nie und nimmer was mit Konstantin hatte. Und das hier lag unter seiner Leiche auf dem Boden. Wenn Sie mich fragen, will mich irgendwer in Schwierigkeiten bringen. Und ich bin mir nicht sicher, wie sehr Sie mir glauben, dass ich nichts mit ihm hatte. Meine Schwester jedenfalls weiß, dass ich nichts mit ihm hatte." Charlotte lief rot an. Zwar konnte sie ihre Schwester verstehen, angesichts der Extremsituation so gereizt zu reagieren. Dennoch war es ihr unangenehm, in welchem Ton Sanne den Kommissar anfuhr. Sie hoffte, dass Sanne sich damit keine Probleme einhandelte. Jankovich ging jedoch regungslos darüber hinweg und steckte eine Hand in seine Lederjacke. Er zog ein Paar weißer Latexhandschuhe hervor, die er sich über seine langen Finger zog. Dann griff er nach dem Brief und öffnete vorsichtig den Umschlag. „Sie haben ihn gelesen, nehme ich an?", fragte er Sanne. Diese nickte und sagte: „ Natürlich, schließlich steht mein Name drauf." Jankovich sah jetzt Charlotte an. „Sie auch?" Charlotte schüttelte stumm den Kopf. Jankovich räusperte sich einmal und zog dann vorsichtig den Brief aus dem Umschlag. Er las den Inhalt erst im Stillen durch, bevor er ihn laut vorlas: „Meine Liebe, nachdem ich von deiner Verlobung mit Christoph erfahren habe, ergibt mein Leben keinen Sinn mehr. Du warst der Grund für mein Herz, zu schlagen, doch jetzt bin ich verloren. Ich beende mein Leben, doch ich werde es in deiner Nähe tun, damit ich dich in meinem Tod noch einmal sehen kann. Dein dich immer liebender Konstantin.“ Langsam faltete er den Brief zusammen und sah Sanne an. „Stimmt das? Sie sind verlobt?“ Irritiert sah Sanne den Kommissar an und gab dann zögernd Antwort. „Ja, das schon. Seit kurzem.“ Sie verschränkte wieder die Arme. Das Thema Hochzeit passte nicht hierher, nicht in diesen Raum und nicht zu diesen Umständen. Jankovich nickte vorsichtig und sagte: „Dann... Glückwunsch zu der Verlobung. Aber... angesichts der Umstände nochmal zu dem Brief. Stimmt der Rest daraus auch?“ Sanne schüttelte heftig den Kopf. „Nein, natürlich nicht! Sehen Sie, das macht überhaupt keinen Sinn! Der Konstantin hat mich kaum gekannt und ich ihn ebenso wenig. Und ich frage mich ehrlich gesagt, wie er so schnell von der Verlobung erfahren haben soll, wir haben doch erst gestern Abend mit Freunden und engen Kollegen gefeiert. Und zu meinen Freunden zählt er nicht. Hat er nicht gezählt“, korrigierte sie sich. Der Kommissar schwieg jetzt und sah dann Charlotte in die Augen. Verschämt wich sie seinem Blick aus und ließ ihren Blick von seinen Augen auf seine Haare gleiten. Sie waren etwas länger als bei ihrer letzten Begegnung und begannen sich hinter seinen Ohren zu kräuseln. Jankovich atmete tief durch und sagte dann: „In Ordnung, wir müssen jetzt ohnehin warten, was der Erkennungsdienst dort drüben findet. Ich würde vorschlagen, Sie“, er deutete auf Sanne, „gehen an Ihre Arbeit zurück, wenn Sie sich dazu in der Lage fühlen. Oder Sie lassen sich krankschreiben. Aber reden Sie bitte nicht mit Ihren Kollegen über das, was Sie gesehen haben. Oder das hier“, er tippte mit den immer noch behandschuhten Fingern auf den Brief. Sanne nickte und sagte: „Kein Problem, ich geh‘ zurück an die Arbeit. Die Tiere brauchen mich.“ Sie umarmte Charlotte mit einem traurigen Ausdruck auf ihrem Gesicht. Dann stand sie auf, lief hinaus und schloss die Tür hinter sich. Charlotte sah ihr nach und rieb sich dabei mit den Fingerspitzen über die Stirn, als wollte sie ihre Augen mit den Handflächen verdecken. Sie schämte sich, weil sie Sanne überhaupt keine Hilfe gewesen war. Jankovich betrachtete sie. „Ganz schön tough, Ihre Schwester. Sind Sie sicher, dass sie das packt?“ Langsam zuckte Charlotte mit den Schultern. „Ich weiß es nicht. Ja. Doch. Ich denke schon. Mit dem Tod kommt sie eigentlich ganz gut klar. Schließlich sterben auch die Tiere hier dann und wann.“ In seiner Stimme schwang jetzt ein sanfterer Ton. „Und Sie, packen Sie das? Schon wieder?“ Sie mied weiter seinen Blick und zuckte die Schultern. „Ja, klar, sicher. Muss ja.“ Beinahe so, als wollte er das Gespräch zwischen Ihnen beiden noch nicht beenden, fragte er: „Ich nehme an, Ihnen ist auch aufgefallen, dass der Schemel ein bisschen zu klein für diesen Selbstmord ist?“ Charlotte nickte. „Ja. Und mir gefällt nicht, wie das zusammen mit diesem Brief hier aussieht. Als würde jemand Sanne belasten wollen. Oder zumindest ordentlich in Schwierigkeiten bringen.“ Sie rang sich zu einem knappen Lächeln durch und stand dann auf. Dabei sah sie ihn doch an. „Also, ich schätze das war’s mit unserem Wiedersehen? Oder meinen Sie...“ Jankovich schüttelte den Kopf und sagte sanft: „Nein Frau Bienert, ich denke nicht, dass wir noch ein zweites Mal zusammen arbeiten werden.“ Charlotte nickte wieder und lief langsam zur Tür. Sie spürte, wie ein Gefühl der Schuld schwer wie ein Stein auf ihre Brust drückte. Sanne hatte sie angerufen. Obwohl sie Polizei und Notarzt verständigt hatte, hatte sie trotzdem ihre Schwester angerufen. Weil sie Charlotte brauchte, nicht die Polizei. Und sie hatte vorhin so traurig ausgesehen, als sie sich von ihr verabschiedet hatte. ‚Ich darf sie nicht enttäuschen', dachte Charlotte. ‚Ich muss ihr helfen.' Als sie schon die Klinke in der Hand hatte, sagte sie, an Jankovich gewandt: „Sie haben ja gehört, was Sanne gesagt hat. Ich weiß, dass sie nichts mit Konstantin hatte. Aber Sie wissen es nicht. Vielleicht sollte ich Ihnen das immer wieder in Erinnerung rufen." Dann trat sie durch die Tür.

Kapitel 6

‚Mein Gott, dass er mich gleich so abblocken muss', dachte Charlotte verärgert. Sie lief zurück zur U-Bahn und machte sich auf den Weg in Richtung Redaktionsgebäude der *Weinstadt Woche.* Mittlerweile war es draußen deutlich wärmer geworden und die morgendliche Rush-Hour in den öffentlichen Verkehrsmitteln hatte ihren Höhepunkt erreicht. Charlotte ergatterte nur noch einen Stehplatz in der Nähe der Türe. Normalerweise hasste sie es, wenn die Bahnen so voll waren. Dann war sie mit viel zu vielen Menschen auf viel zu engem Raum eingepfercht. Allerdings war Charlotte jetzt so in Gedanken versunken, dass sie die Nähe und Körperausdünstungen ihrer Mitfahrer gar nicht bemerkte.

„So, dann bin ich ja mal gespannt." Andreas Richling saß mit hinter dem Kopf verschränkten Händen an seinem Schreibtisch und sah Charlotte auffordernd an. Charlotte seufzte. Sie wusste, wie Richling gleich reagieren würde. Und dieses Mal war es ihr sogar recht. „Meine Schwester hat in der *Wilhelma* heute Morgen eine Leiche gefunden. Vermeintlicher Selbstmord, sehr wahrscheinlich aber Mord." Schon riss Richling seine Arme herunter und schnellte in seinem Stuhl nach vorne. Er stützte die Ellbogen an der Tischkante ab und deutete mit den Spitzen seiner zusammengepressten Hände auf Charlotte. „Mann Mädchen, du weißt ja, was das heißt? Daraus musst du wieder 'ne Story machen!" Ohne ihr Zeit zum Reagieren zu geben, schob er sofort hinterher: „Und ich will keine Widerworte hören." Gebannt starrte er sie an, und Charlotte erwiderte seinen Blick, wobei sie ihn ein paar Augenblicke lang zappeln ließ. Dann nickte sie. „Ich mach's, aber nicht, damit du 'ne tolle Story hast. Hier geht's um Sanne. Ich muss ihr helfen." Laut klatschte Richling einmal die Hände zusammen und zeigte dann wild mit dem Zeigefinger auf Charlotte. „Der letzte Artikel zum Museumsmord hat die Auflage verdreifacht!" „Jaja", winkte sie ab. „Darum geht's nicht..." „Dir nicht", grätschte Richling dazwischen, „mir schon." Dann fiel ihm etwas anderes ein und sein Tonfall wechselte von aufgepeitscht zu beunruhigt. „Aber diesmal bist du bitte vorsichtiger als beim letzten Mal." Mit einer hochgezogenen Augenbraue sah Charlotte ihren Chef an. Als sie nach dem Mordversuch im Mai auf der Krankenstation gelandet war, hatte Richling sie gemeinsam mit ihrem Kollegen Sebastian besucht. Und ihr Chef war dabei regelrecht besorgt um sie gewesen. In süffisantem Tonfall sagte Charlotte jetzt: „Wie bin ich froh, dass du das noch sagst." Sie seufzte wieder, und eigentlich war ihr alles andere als danach, sich in den nächsten Mordfall einzumischen. Charlotte sagte: „Es gibt allerdings ein Problem. Der ermittelnde Beamte ist wieder Jankovich. Und der macht mir garantiert die Hölle heiß, wenn er mich beim Recherchieren erwischt." Jetzt breitete Richling seine Hände in einer empfangenden Geste aus. Er sah die Sache offenbar anders: „Na also, das ist doch ein super Fingerzeig des Allmächtigen! Komm schon, Charlotte, den Jankovich hast du doch letztes Mal auch bequatscht. Das kriegst du wieder hin!" Kopfschüttelnd erhob sich Charlotte aus dem Sitz. „Fingerzeig des Allmächtigen?", fragte sie in spöttischem Tonfall. Doch Richling nickte nur grinsend.

Charlotte verließ, immer noch den Kopf schüttelnd, das Büro.

Inzwischen waren die Kollegen der Spurensicherung mit der Futterküche beim Gorillahaus fertig und der Rechtsmediziner hatte die Leiche vorläufig untersucht. Für den Abtransport des Toten waren etliche weitere Beamte gekommen, um den Bereich zur Futterküche abzusperren und die Schaulustigen hinter den Absperrseilen zu halten. Mittlerweile hatten sich zahlreiche Besucher um das Gorillahaus versammelt und viele versuchten, die Polizisten und insbesondere den schlichten Zink-Sarg zu fotografieren. Die Beamten spannten breite Decken als Sichtschutz auf und schirmten den Sarg damit so gut es ging vor neugierigen Blicken ab. Kommissar Jankovich stand etwas abseits und klingelte bei seinem Kollegen, Hubert Specht, auf dem Handy durch. Specht hatte heute eigentlich seinen freien Tag. Nach dem 5. Klingeln hob Specht ab. Er schien noch etwas zu kauen. „Nja, hallo? Muss es unbedingt deine Nummer sein heute?" Jankovich musste lächeln und sagte: „Guten Appetit, wie ich höre bist du noch beim Frühstück?" „Ja, und ich hoffe, das, was du mir gleich erzählst, verdirbt mir nicht den Appetit." Jankovich machte ein bedauerndes Geräusch und setzte dann an, seinem Kollegen vom Leichenfund zu erzählen. Währenddessen hörte er Specht weiter kauen. Ihm schien es also den Appetit nicht zu verderben. Als Jankovich von Sanne und Charlotte erzählte, verschluckte sich Specht dann doch und hustete. „Nicht wahr! Paul, Paul, dieses Mal lassen wir uns von der Dame aber nicht bequatschten, was?" Jankovich schüttelte den Kopf und sagte, ohne auf den Kommentar einzugehen: „Also ich schlage vor, du isst noch fertig und kommst dann hierher. Ich fang in der Zwischenzeit schon mal an, mit den Kollegen des Toten zu sprechen." Grummelnd willigte Specht ein und die beiden verabschiedeten sich. Der Beamte, der zuvor beim Gespräch mit Sanne und Charlotte dabei gewesen war, kam über die grüne Wiese auf Jankovich zu. Neben ihm lief ein älterer Herr. Der Mann hatte volle, weiße Haare und trug eine Nickelbrille. Als die beiden vor Jankovich zum Stehen kamen, sagte der Ältere leicht verwirrt: „Guten Tag, mein Name ist Siegmar Robertin. Ich bin grade erst angekommen. Ich bin der Zoodirektor. Wie ich höre, haben Sie einen Mitarbeiter von mir gefunden?" Er schluckte. „Tot?" Jankovich nickte langsam. Dann sagte er: „Ja, das stimmt leider. Konstantin Brechnow." Der Zoodirektor wurde bleich und erwiderte mit brüchiger Stimme: „Oh Gott. Der Arme. Was... was ist denn passiert?" Jankovich räusperte sich, dann sah er sich um, als wolle er sich vergewissern, dass keine Zoobesucher in Hörweite waren. „Er wurde erhängt in der Futterküche gefunden." Entsetzt entfuhr es Robertin: „Oh mein Gott! Er hat sich umgebracht?" Jankovich machte eine beschwichtigende Geste mit beiden Händen und fuhr leise fort. „Bitte, sprechen Sie leise. Wir wollen das hier so unauffällig wie möglich gestalten. Ich...", der Kommissar ließ seinen Blick über das Gelände streifen. „Ich würde gerne mit Ihren Mitarbeitern sprechen. Gibt es eine Möglichkeit, dass Sie alle an einem Ort zusammentrommeln?" Kopfschüttelnd sah der Direktor zu Boden, dann schien ihm aber doch etwas einzufallen. „Ja... doch natürlich. Ich kann allen über die Walkie-Talkies Bescheid geben lassen, dass wir uns im Konferenzraum treffen. Sagen wir, in 15 Minuten?“ „Gut, so machen wir’s.“ Dann sah Jankovich den Beamten an, der zuvor den Direktor zu ihm begleitet hatte: „Nehmen Sie bitte noch 2 Kollegen mit, die sollen auch mit zum Konferenzraum kommen.“ Der Beamte nickte.

Eine Viertelstunde später standen die Polizisten in einem großen Raum mit reichlich Sitzreihen. Jetzt, wo alle Tierpfleger und sonstige Zoomitarbeiter versammelt waren, waren alle Plätze besetzt. Jankovich hatte dem Zoodirektor zuvor eingeschärft, mit welchen Worten er vom Tod des Tierpflegers sprechen sollte. Nun stand Robertin unsicher vor seinen Mitarbeitern und sprach: „Ja, also... danke dass Sie alle gleich gekommen sind. Es gibt leider ziemlich schlechte Neuigkeiten. Ihr Kollege... Konstantin Brechnow wurde heute tot in der Futterküche gefunden.“ Ein entsetztes Raunen ging durch den Saal. Jankovich ließ seinen Blick sorgfältig über die Gesichter in den vorderen Reihen streifen. Außer Sanne und deren beiden Kollegen, die bereits vom Toten wussten, schienen alle aufrichtig geschockt von der Nachricht. Eine Frau begann zu weinen. Jetzt trat Jankovich nach vorne. „Guten Tag, mein Name ist Kriminalhauptkommissar Paul Jankovich. Ich bedauere Ihren Verlust. So eine Nachricht ist immer schwer zu verdauen.“ Er machte eine wohldosierte Pause, dann fuhr er fort. „Im Moment wissen wir noch nichts Genaues. Aber allem Anschein nach hat sich Herr Brechnow selbst umgebracht.“ Ein erneutes Raunen erklang. Jankovich war sich zwar sicher, dass das mit dem Selbstmord nicht stimmte. Aber 80 Leute, die von einem Mord wussten, waren 80 zu viel. Er fuhr fort. „Gibt es vielleicht unter Ihnen enge Bekannte oder Freunde des Toten? Ich würde mich gerne kurz mit denjenigen unterhalten, die Konstantin Brechnow besser kannten." Unter den Zoomitarbeitern meldete sich nun ein jüngerer Mann mit gefärbten Haaren und einem Nasenpiercing zu Wort: „Warum wollen Sie mit denen sprechen? Was tut das zur Sache bei Selbstmord? Wieso sind Sie überhaupt hier?" Diesmal kam Jankovich eine altbewährte Floskel zu Hilfe: „Das ist reine Routine und leider notwendig bei einem Leichenfund. Ich möchte Sie bitten, unsere Anwesenheit nicht über zu bewerten. Dennoch wäre es mir sehr recht, wenn ich ein paar Informationen zu Herrn Brechnow bekäme. Einfach, um ein Fremdverschulden vollständig ausschließen zu können. Nochmal, das ist reine Routine und es handelt sich hier aller Wahrscheinlichkeit nach um Selbstmord", log er. „Meine Kollegen und ich", dabei wies er mit einer Geste auf die hinter ihm stehenden Beamten, „werden hier im Raum bleiben und stehen gerne jedem von Ihnen zur Verfügung, der uns etwas über Herrn Brechnow sagen möchte. Alle anderen möchte ich bitten, wieder an ihre Arbeitsplätze zurückzukehren." Als sich bereits Einige von ihrem Sitz erhoben, sagte Jankovich laut, um über die wachsende Geräuschkulisse hörbar zu sein: „Aber da Selbstmorde auch heute noch zur Nachahmung animieren, möchte ich Sie bitten, so diskret wie möglich mit dieser Information umzugehen." Und insgeheim dachte er: ‚Hoffentlich posten sie das nicht alle gleich in ihren Netzwerken.'

Einige wenige Zoomitarbeiter waren in dem Raum geblieben, um über den Toten zu sprechen. Gerade als Jankovich das Gespräch mit einer etwa 50-jährigen Frau beendet hatte, betrat Kommissar Hubert Specht das Zimmer.

Jankovichs Kollege war Mitte 40, trug einen stolzen Bauchansatz und an seinen Schläfen zeichneten sich bereits einige graue Strähnen ab. Obwohl er kaum 10 Jahre älter war als Jankovich, war er kein Hauptkommissar wie sein jüngerer Kollege. Das Jankovich trotz seines Alters den höheren Dienstgrad hatte, verdankte er seinem damaligen Vorgesetzten und Mentor. Dieser hatte Jankovich, bevor er in Rente ging, unmissverständlich nahegelegt, den Posten als Kriminalhauptkommissar zu übernehmen. Und Jankovich hatte eingewilligt, da er seinen Mentor nicht enttäuschen wollte. Specht war nur Monate nach Jankovichs Karrieresprung auf das Revier gekommen. Das war rund 6 Jahre her, und seitdem arbeiteten beide gemeinsam an der Aufklärung von Kapitalverbrechen. Als Specht nun in den Konferenzraum der *Wilhelma* auf Jankovich zukam, schüttelten beide sich kurz die Hand und Jankovich ging mit ihm ein paar Schritte zur Seite. Er brachte Specht auf den neuesten Stand und sagte: „Da drüben steht eine gewisse Corinna Rasnova. Sie sagt, das Opfer hätte Interesse an einer Kollegin gehabt. Die sei aber seit längerer Zeit im Trauerurlaub. Ich hab' sie gebeten, kurz zu warten, damit sie dir auch nochmal alles sagen kann, was sie weiß." Specht nickte, schob seine Brille zurecht und sagte: „Gut, kann losgehen." Jankovich winkte eine junge Frau mit slawischen Gesichtszügen zu sich. „Frau Rasnova, vielen Dank dass Sie noch gewartet haben. Das hier ist mein Kollege Hubert Specht." Dieser nickte freundlich und sagte knapp: „Freut mich." Dann fuhr Jankovich fort: „Erzählen Sie bitte noch einmal, was Sie mir vorhin erzählt haben." Die junge Tierpflegerin nickte beflissen und hob an: „Also der Konstantin, der war total in die Ulrike verknallt. Ulrike Sandner", ergänzte sie, als sie das fragendende Gesicht von Specht sah. „Ich kannte den Konstantin zwar kaum, aber ich hab' schon mitbekommen, wie er sie immer angeschmachtet hat. Einmal hab' ich sogar gehört, wie er sie vor der Umkleide um ein Date gefragt hat. Jedenfalls: die Ulrike ist seit ein paar Wochen auf Kur, oder im Trauerurlaub. Keine Ahnung, so was in die Richtung. Vor ein paar Wochen ist ihr Vater gestorben und das hat sie schwer getroffen. Daraufhin hat sie sich krankschreiben lassen und war jetzt schon ewig nicht mehr hier. Und... naja... ich dachte mir... vielleicht hat sich der Konstantin ja deswegen... umgebracht. Verstehen Sie? Er hat es nicht ausgehalten, dass Ulrike schon so lange weg ist." Sie hörte auf zu reden und sah zwischen beiden Kommissaren hin und her, wie um zu sehen, ob sie ihre Vermutung bestätigen würden. Specht tauschte einen Blick mit Jankovich, dann fragte er: „Hatte Herr Brechnow denn psychische Probleme? Hat er in der Vergangenheit vielleicht Andeutungen gemacht, dass er sich etwas antun möchte?" Die Frau wandte den Blick ab, um besser überlegen zu können. Nach einigem Zögern hob sie an: „Hm... also wie gesagt, ich kannte den Konstantin ja kaum. Irgendwas in Richtung Selbstmord hat er aber nie gesagt. Zumindest weiß ich davon nix. Tut mir leid, ich kann Ihnen da nichts zu sagen." Um der Frau dennoch das Gefühl zu geben, dass ihr Beitrag hilfreich gewesen war, fragte Specht: „Wie war nochmal der Name der Kollegin? Ulrike...?" Eifrig antwortete die Tierpflegerin: „Sandner. Ulrike Sandner." Specht nickte lächelnd. „Vielen Dank, Frau Rasnova, das war sehr hilfreich. Ich denke, wir haben keine weiteren Fragen." Wieder nickte die junge Frau und drehte sich um, um wegzugehen. Sie war die letzte von den Zoomitarbeitern, die geblieben waren. Hubert Specht sah Jankovich an und fragte: „Wieso sollte ich mir das anhören? Ich halte es für eher unwahrscheinlich, dass sich jemand umbringt, bloß weil sein Schwarm ein paar Wochen weg ist.“ Jankovich nickte und zog einen Folienbeutel aus der Innentasche seiner Lederjacke. Darin steckte der Abschiedsbrief an Sanne. „Deswegen ist es interessant.“ Specht las sich den Brief durch. Als er fertig war, pfiff er durch die Zähne. „Hoppla, das passt ja nicht zusammen. Entweder der Tote war in diese Ulrike Sandner verliebt oder Susanne Bienert. Hat denn jemand die Schwester von unserer Frau Bienert als mögliches Gspusi des Toten erwähnt?“ Jankovich schüttelte den Kopf. „Niemand.“ Nachdenklich zog Specht die Augenbrauen zusammen. „Dann sieht es so aus, als würde jemand absichtlich die Schwester unserer kleinen Frau Bienert belasten wollen.“ „Ja, denke ich auch. Die Frage ist nur, warum?“ Dann steckte Jankovich den Abschiedsbrief mitsamt Schutzhülle wieder ein und sagte: „Komm, lass‘ uns gehen, der Direktor müsste uns mehr über die Abwesenheit von dieser Ulrike Sandner sagen können.“

Kapitel 7

Nachdem Charlotte das Zimmer ihres Chefs verlassen hatte, ging sie in ihr Büro. Ihr Kollege Sebastian saß dort und war auf seinen Monitor konzentriert. Sebastian war ebenfalls Redakteur bei der *Weinstadt Woche* und war der Typ Mann, der nichts anbrennen ließ. Da er regelmäßig ins Fitnessstudio ging und auch sonst großen Wert auf ein gepflegtes Äußeres legte, war seine Erfolgsquote bei Frauen ziemlich hoch. Im vergangenen Frühjahr hatte er auch versucht, bei Charlotte zu landen. Dabei war er allerdings zu weit gegangen und hatte sie am Rand eines Fußballspiels regelrecht bedrängt. Doch das hatte für ihn bittere Konsequenzen gehabt. Als Charlotte nun in ihr gemeinsames Büro eintrat, blickte er auf. „Ach, hi, da bist du ja“, sagte er, betont lässig. Seit er von Richling abgemahnt wurde, Charlotte nicht noch einmal zu belästigen, wahrte er eine gewisse Distanz zu ihr. „Jep, hi. Da bin ich“, sagte sie, ebenfalls etwas unterkühlt. „Ähm hör‘ mal, bevor du es von Richling erfährst: Ich bin wieder an einer Art... ungeklärtem Todesfall dran.“ Sebastian fiel der Unterkiefer herunter. Im Nu war seine Zurückhaltung vergessen und er verschränkte seine Oberarme vor der Brust. „Nicht wahr. Schon wieder? Seit wann wird im Remstal so viel gemordet? Und wieso bist du schon wieder an dem Mord dran?“ In jeder Frage schwang Eifersucht und Missgunst mit. Insbesondere beim Wörtchen „du“. Sebastian hatte es immer noch nicht verwunden, dass er nicht mehr für *Aktuelles* schreiben durfte, sondern sich nur noch um die *Sport*-Berichte kümmern sollte. Das war die Strafe von ihrem Chefredakteur gewesen, nachdem Sebastian Charlotte gegenüber übergriffig geworden war. Charlotte atmete tief durch, setzte sich an ihren Rechner und drückte den Power-Knopf. Dann drehte sie sich in ihrem Stuhl zu Sebastian um und sagte: „Nicht dass ich dir eine Rechtfertigung schulde, aber meine Schwester hat die Leiche gefunden. Irgendjemand scheint sie belasten zu wollen. Du brauchst also nicht zu denken, dass ich mich drum reiße, schon wieder in so was involviert zu sein. Ich will nur meiner Schwester helfen." Abrupt drehte sie sich wieder um. Sebastian hatte die Augen aufgerissen; seine Angriffslust war jetzt deutlich gedämpft. „Ach, ok, das... ist ja krass", sagte er langsam. „Also... wenn du irgendwie Hilfe brauchst...", schob er hinterher. „Nein danke, das schaff' ich schon alleine", unterbrach Charlotte ihn schroff. Darauf hatte sie nun wirklich keine Lust. Sebastian zuckte die Achseln und sein Tonfall wurde wieder abweisend: „Dann nicht. Wer nicht will, der hat schon." Damit drehte er sich von Charlotte ab und konzentrierte sich demonstrativ auf seinen Bildschirm. Charlotte funkelte Sebastians Rücken einen Augenblick wütend an, doch dann drehte sie sich ebenfalls zu ihrem Rechner um. Als sie ihr Outlook-Postfach öffnete, sah sie, dass sich übers Wochenende einige Mails angehäuft hatten. Genervt begann sie, die ersten Nachrichten zu sortieren. Schließlich hielt sie inne und lehnte sich in ihrem Stuhl zurück. ‚Womit verschwende ich hier eigentlich meine Zeit?', überlegte sie wütend. ‚Ich muss doch Sanne helfen!' Charlotte atmete tief durch und versuchte, ihre wirren Gedanken zu sortieren. ‚Aber wie kann ich ihr helfen?' Nochmal zum Zoo zu fahren und mit den Angestellten zu reden war eine dumme Idee. Zu groß war die Gefahr, dort Jankovich über den Weg zu laufen. Wie beim letzten Mal. Aber... dieses Mal saß sie ja an der Quelle! Charlotte griff sich ihr Handy und wählte Sannes Nummer. Nach dem 5. Klingeln nahm ihre Schwester ab. „Ja hallo?“ „Hi, ich bin’s nochmal.“ Charlotte warf einen Blick über die Schulter und war sich sicher, dass Sebastian mit gespitzten Ohren jedes Wort verfolgte. „Ich würde gerne... ein bisschen recherchieren. Könntest du mir vielleicht weiterhelfen? Wer kannte ihn?“ Charlotte war sich sicher, dass Sanne verstand, wer mit „ihn“ gemeint war. „Oh gut, gut“, sagte Sanne und klang erleichtert. „Ich hatte schon die Befürchtung dass du dich ausklinkst, nachdem dieser Jankovich aufgetaucht ist. Also, der Konstantin war meines Wissens mit keinem hier wirklich befreundet. Aber da er die Nachtaktiven gepflegt hat, wird er wahrscheinlich eher mit den Kollegen zu tun gehabt haben, die zur gleichen Tageszeit im Zoo gearbeitet haben. Die müssten ja jetzt auch alle Zuhause sein, die schlafen tagsüber.“ „Macht Sinn. Aber wie heißen die denn? Und wie komme ich an die Adressen ran?“ Sanne schwieg und überlegte. „Wir haben eine Mitarbeiterliste in den Büros bei den Umkleiden. Ich versuche mal, da ranzukommen und dir die Namen zu besorgen. Ich melde mich wieder.“ „Alles klar, danke. Dann mal viel Erfolg.“ Charlotte legte auf und machte halbherzig weiter damit, ihre Emails zu sortieren. Nach einer halben Stunde, die Charlotte wie eine halbe Ewigkeit vorkam, klingelte endlich ihr Handy. Sanne meldete sich: „Ja hi, also ich hab’ was gefunden, ich hab’s grade eingescannt und schick’s dir auf dein Postfach, ok? Aber, gell, vertraulich behandeln. So was dürfte ich eigentlich niemals rausgeben.“ Im selben Moment erschien das kleine Briefumschlagsymbol unten rechts auf Charlottes Monitor. Gespannt klickte Charlotte auf die Mail und öffnete sofort die PDF im Anhang. Es standen fünf Namen auf der Liste, und daneben stand jeweils eine Adresse mitsamt Telefonnummer. „Das sind aber nicht viele“, sagte Charlotte verwundert. Sanne entgegnete: „Ja, ich weiß, aber mehr hab’ ich auf die Schnelle nicht gefunden. Probier’s mal bei denen, ich schau mal, ob ich noch mehr finde.“ Im Hintergrund konnte Charlotte hören, wie jemand die Tür zu dem Zimmer öffnete, in dem Sanne sich aufhielt. „Ich melde mich“, sagte Sanne abrupt und legte auf.

Jankovich und Specht standen im Büro des Zoodirektors. Der ältere Herr saß zusammengesunken hinter seinem Schreibtisch. Er sah so aus, als habe er sich die Haare gerauft: Einzelne Strähnen seiner weißen Haare standen in alle Richtungen ab. Jankovich fragte: „Herr Robertin, eine Mitarbeiterin von Ihnen hat uns von einer Ulrike Sandner erzählt. Können Sie uns etwas über sie erzählen?“ Irritiert blickte Robertin Jankovich an. „Aber... aber was hat den Frau Sandner jetzt damit zu tun?“ Beruhigend sprach Jankovich weiter. „Wir gehen nur einem Hinweis nach, das müssen wir leider. Bei jedem Suizid müssen wir Fremdverschulden ausschließen. Und Ihre Kollegin meinte, dass Herr Brechnow vielleicht eine Beziehung zu Frau Sandner hatte. Das würden wir gerne überprüfen.“ „Nein, bitte“, warf der Direktor flehend ein. „Die Frau Sandner ist so vom Schicksal geschlagen, der möchte ich das hier jetzt nicht auch noch zumuten. Die muss doch erst noch den Tod ihres Vaters verkraften.“ Seufzend atmete Robertin aus und fuhr sich mit der Hand über sein müdes Gesicht.

Jankovich und Specht gewährten ihm eine kurze Sprech-Pause. Währenddessen setzte sich Jankovich auf einen Stuhl am Tisch des Direktors. Dann legte er eine Hand auf den Schreibtisch, wie um Robertin symbolisch die Hand zu reichen. Sanft sprach er: „Es ist wirklich wichtig, dass wir klären, unter welchen Umständen Herr Brechnow zu Tode kam. Vielleicht weiß Frau Sandner ja etwas, das uns weiterhelfen könnte?“ Der Direktor nickte apathisch, richtete seinen Kopf auf und sah Jankovich in die Augen: „Ich kann Ihnen leider nicht sagen, wo genau Frau Sandner steckt. Ihre Wohnadresse kann ich Ihnen natürlich geben, aber sie ist auf Kur, besser gesagt in einer Rehaklinik, nachdem der Tod ihres Vaters sie so mitgenommen hat. Wo genau sie ihre Reha macht, weiß ich nicht. Warten Sie mal...“, Robertin begann, in seinen Schubladen zu kramen. „Irgendwo... hab’ ich das doch... sie, wissen Sie, sie hat mir nämlich zwischendrin mal eine Karte geschrieben. Wo hab’ ich die denn...? Ach, da!“ Beinahe triumphierend zog er eine Postkarte aus dem Chaos. Als er sie Jankovich über den Tisch reichte, sah dieser, dass die Hand des Mannes leicht zitterte. Er tat so, als ob er es nicht bemerken würde und griff nach der Karte. Sie zeigte ein abstraktes, braunes Gemälde, das hauptsächlich aus Schlieren in verschiedensten Brauntönen bestand. Jankovich drehte die Karte um. Auf der Rückseite der Karte stand:

„Lieber Herr Robertin,

ich wollte mich nur melden, um Ihnen ein Lebenszeichen zu schicken. Mir geht es den Umständen entsprechend, aber ich muss sagen, ich komme nur schwer zurecht, seit mein Vater tot ist. Ich weiß Sie möchten gerne wissen, wann ich wieder zur Arbeit erscheinen kann, aber das kann ich Ihnen leider noch nicht sagen. Ich melde mich aber, sobald ich Ihnen dazu konkret etwas sagen kann.

Herzlichst

Ihre Ulrike Sandner."

Jankovich reichte Specht die Karte, damit auch er sie sich durchlesen konnte. Nachdem er fertig war, reichte Specht dem Direktor die Karte wieder. Dann sagte er: „Gut, die Adresse von Frau Sandner finden wir selber heraus, machen Sie sich keine Umstände." Wieder nickte der alte Mann. Jankovich fiel noch etwas anderes ein: „Sagen Sie, an der Decke der Futterküche war ein Haken befestigt... ist der normalerweise dort angebracht oder ist er... neu?" Der Direktor reagierte bestürzt. „Nein... nein, wir haben normalerweise keine Haken an den Decken. Oh Gott... ist er... hat Konstantin..." Jankovich hob beschwichtigend die Hände. „Bitte Herr Robertin, machen Sie sich darüber keinen Kopf. Das ist einfach nur für uns wichtig, um... nachvollziehen zu können, wie es passiert ist." Daraufhin erhob sich Jankovich und hielt dem Direktor seine Hand entgegen. „Danke Ihnen. Wir hoffen, Sie nicht weiter belästigen zu müssen. Aber wir melden uns, wenn wir noch etwas wissen müssen. Falls Ihnen noch etwas einfällt, was für den Tod von Herrn Brechnow wichtig sein könnte, lassen Sie es mich bitte wissen." Mit diesen Worten reichte Jankovich Robertin seine Visitenkarte über den Tisch.

Als die beiden Kommissare zu ihren Autos liefen, sagte Specht: „Dann bringen wir mal in Erfahrung, wo die Dame auf Kur ist. Ich telefonier‘ die Krankenkassen ab und frag‘ nach, wer von denen Ulrike Sandner versichert." Specht hatte einen Parkplatz in der Nähe von Jankovich gefunden, und als beide auf Höhe ihrer Autos waren, rief Specht übers Autodach zu Jankovich herüber: „Ach ja... wie war das nochmal mit Frau Bienert? Charlotte meine ich natürlich. Was genau hat sie zu dir gesagt?" Jankovich schüttelte grinsend den Kopf und sagte: „Wir sehen uns auf dem Revier, Hubert." Dann stieg er in seinen Alpha Romeo und steckte den Zündschlüssel ein. ‚Vielleicht sollte ich Ihnen das immer wieder in Erinnerung rufen‘, hatte sie gesagt und dabei so geklungen, als würde sie sich wieder in die Ermittlungen einmischen wollen. Jankovich wusste nicht, ob er sich darüber ärgern oder freuen sollte.

Kapitel 8

Charlottes Blick ruhte auf den Namen der Tierpfleger-Liste, die Sanne ihr geschickt hatte. Bevor Charlotte bei jedem einzelnen anrief, wollte sie sich jedoch eine Story zurechtlegen, die ihre unangekündigten Anrufe rechtfertigen würde. Als sie eine halbwegs plausible Geschichte parat hatte, verließ sie ihr Büro und ging ins leerstehende Lager am Ende des Flurs. Sebastian sollte nicht mitbekommen, was Charlotte den Tierpflegern erzählte. Im Lager stapelten sich alle archivierten Ausgaben der *Weinstadt Woche* aus den letzten Jahren bis unter die Decke und sorgten dafür, dass es in dem kleinen fensterlosen Raum nach altem Papier und Druckerschwärze roch. Charlotte knipste die Glühbirne an, zog sorgsam die Tür hinter sich zu und hockte sich auf einen kniehohen Zeitungs-Stapel. Dann schlug sie die zusammengefaltete Seite mit den Adressen und Telefonnummern auf und wählte die erste Nummer auf der Liste. Sie gehörte zu einem gewissen Holger Licht. Während sie dem Freizeichen lauschte, begann ihr Herz schneller zu klopfen. Nach dem 5. Klingeln hob jemand ab: „Ja, hallo, Licht hier“, meldete sich die verschlafene Stimme eines Mannes. Charlotte lächelte, da sie wusste, dass sie damit am Telefon freundlicher wirkte. „Ja guten Tag, Bienert mein Name. Ich plane grade einen Artikel für die *Weinstadt Woche* zum Thema Tierpfleger in der *Wilhelma*. Und da würde ich mich gerne auf den Aspekt der Nachttiere fokussieren. Jetzt habe ich mit dem Zoo gesprochen und eine Mitarbeiterin hat mir dort Ihren Namen genannt. Ich weiß, es ist ein bisschen kurzfristig, aber meinen Sie, ich könnte vielleicht spontan mit Ihnen reden?“ Zum Glück konnte ihr Gesprächspartner übers Telefon nicht sehen, dass Charlotte aufgrund der Lüge knallrot angelaufen war. „Ähm... naja.. also... ich weiß nicht. Ich bin überhaupt nicht vorbereitet“, begann der Tierpfleger. Doch Charlotte plapperte schnell weiter. „Ja, ich weiß, das tut mir auch total leid. Nur haben wir leider für die nächste Ausgabe eine Lücke, weil unerwartet ein Artikel wegfällt. Und deswegen hab' ich jetzt ziemlichen Termindruck. Den Artikel über die Tierpfleger wollte ich natürlich schon lange machen, nur muss ich ihn jetzt halt vorziehen.“ Charlotte verstummte und hoffte, ihr Gegenüber mit der Mitleidsmasche zum Reden zu kriegen. „Hm... na, also gut.“ Tatsächlich gab der Tierpfleger nach und Charlotte ballte die Faust vor Freude. Schnell fuhr sie fort: „Ach das ist aber wirklich super nett! Ich mach es auch so kurz wie möglich, wenn ich Sie hier schon so unvorbereitet erwische“, sagte sie und rang sich ein, wie sie hoffte, höfliches Lachen ab.

Charlotte begann, Fragen nach Holger Lichts Arbeitsalltag zu stellen. Nach anfänglichen Schwierigkeiten kamen die Antworten des Tierpflegers flüssiger und Charlotte erfuhr einiges, was tatsächlich einen Artikel wert wäre. So zum Beispiel, dass diese Menschen das Wohl der Tiere meist über ihr eigenes stellten und dass der Arbeitsalltag nicht wirklich so aussah, wie in der Zoofernsehsendung *Eisbär, Affe und Co.* Im Laufe des Gesprächs wurde Charlotte aber immer unruhiger: Sie hatte keine Ahnung, wie sie vom allgemeinen Tierpfleger-Alltag auf das Thema kommen sollte, dass ihr so dringend unter den Nägeln brannte. Einer Eingebung nach fragte sie schließlich: „Und wie kommen Sie so mit Ihren Kollegen zurecht? Gibt es da auch die üblichen Konkurrenzkämpfe oder sind Sie durch den Einfluss der Tiere eher... friedfertig?“ Sie versuchte, ihr Lächeln erneut durch den Hörer zu transportieren, um die Frage so harmlos wie möglich erscheinen zu lassen. Ihr Gesprächspartner blies laut Luft aus den Backen und sagte: „Nojo, also friedfertig würd‘ ich jetzt net sagen, aber... im Großen und Ganzen komm ich schon mit allen zurecht. Es gibt zwar schon den ein oder anderen komischen Vogel, aber einen an der Klatsche haben wir Tierpfleger eigentlich alle. Uns für das Geld so den Arsch aufzureißen...“, nun lachte er und Charlotte stimmte höflich mit ein. Charlotte probierte es anders. „Ich weiß das ist jetzt ein bisschen persönlich“, sagte sie in vertraulichem Tonfall. „Aber sagen Sie mal, es gibt doch sicher noch mehr als Tiere in Ihrem Leben, oder? Wie ist das bei Ihren Kollegen? Gibt es da nicht vielleicht... spannende andere Hobbies? Oder auch die ein oder andere... naja... Liebschaft am Arbeitsplatz? Also... keine Namen natürlich, aber... solche persönlichen Aspekte sind natürlich sehr interessant für unsere Leser.“ Ihr Gesprächspartner schnaubte. „Nene, Fräulein, sowas ziehen Sie mir nicht aus der Nase.“ Er lachte wieder, und in Charlotte breitete sich bereits Enttäuschung aus. Doch dann fuhr der Tierpfleger fort: „Aber um auf den ersten Teil Ihrer Frage zu antworten: Der ein oder andere lebt echt nur für die Tiere. Aber ein Kollege von mir, der kennt sich total mit Computern aus. Ist so’n richtiger Fuchs. Hacken nennt man das doch, oder? Naja, was genau der Konstantin da bewerkstelligt, kann ich Ihnen nicht sagen, da kenn‘ ich mich zu wenig aus. Aber der hat auf jeden Fall mal irgend so ‘ne Firewall oder wie das heißt geknackt. Von 'nem richtig großen Fisch. Das dürfen Sie aber nicht schreiben, und schon gar nicht mit Konstantin in einem Satz!" Er lachte wieder. Charlotte spürte ein Prickeln am Rücken. ‚Der Tote war also ein Hacker', dachte sie und traute sich kaum zu atmen. In diesem Moment hörte Charlotte, wie der Mann am anderen Ende der Leitung nebenher etwas werkelte. Als sie die Anmeldungsmelodie eines Windows-Betriebssystems hörte, beschlich sie ein ungutes Gefühl. ‚Hoffentlich hat ihm noch niemand geschrieben, dass Konstantin Brechnow tot ist', dachte sie. Doch offenbar war genau das passiert. „Ach du scheiße", entfuhr es dem Mann. „Der Konstantin ist tot!" Schweigen in der Leitung. Charlotte überlegte fieberhaft, was sie daraufhin erwidern sollte. Trotz des Schocks schien dem Mann jetzt etwas anderes einzufallen. „Wussten Sie das? Haben Sie etwa deswegen angerufen?", fragte er sie, plötzlich aggressiv. ‚Oh oh', dachte Charlotte. „Nein, nein, das war reiner Zufall, ehrlich", beeilte sie sich zu sagen, doch der Tierpfleger glaubte ihr nicht. „Ich fass' es nicht! Was sind Sie denn für ein Aasgeier! Kaum ist ein Kollege tot, versuchen Sie 'ne Sensationsstory draus zu machen oder wie?!" Abrupt brach der Mann das Telefonat ab. Charlotte hörte nur noch ein Tuten in der Leitung. ‚Na, das lief ja perfekt', dachte sie frustriert. Schwitzend und mit knallrotem Gesicht legte sie auf. Charlotte hoffte, dass sich das nicht noch einmal wiederholen würde. Ihr lief die Zeit davon.

Charlotte kreuzte die Finger, während sie die zweite Nummer auf der Liste wählte. ‚Hoffentlich fliege ich hier nicht auch auf', dachte sie. Es tutete. „Ja hallo", meldete sich die Person am anderen Ende. Sie klang, als hätte sie geweint. Charlotte stellte sich kurz vor und fragte vorsichtig: „Entschuldigen Sie, ich will Sie nicht stören, ich habe den Eindruck, es passt grade nicht?“ Die Tierpflegerin schnäuzte sich und sagte: „Naja, ich bin voll erkältet, aber grad‘ kann ich eh nicht schlafen, weil ich keine Luft durch die Nase kriege. Dann kann ich auch mit Ihnen reden. Worum geht’s denn?“ Charlotte schloss die Augen und erzählte ihr dieselbe Story wie zuvor, dass sie einen Artikel über die spätarbeitenden Tierpfleger plane. Offenbar war die Frau trotz Erkältung zum Reden aufgelegt, denn sie plauderte halbwegs munter aus dem Nähkästchen. Allerdings erfuhr Charlotte aus dem Gespräch nichts Neues über Konstantin Brechnow. Nach einer gefühlten Ewigkeit verabschiedete sich Charlotte mit großspurigen Dankesbekundungen und legte auf.

Der dritte Name auf der Liste war Peter Sachsenheimer. Charlotte atmete tief durch und wählte dann die Nummer. Hier hob jemand schon nach dem 3. Klingeln ab. Es war eine Frau. „Sonja Sachsenheimer, hallo?“ Wieder lächelte Charlotte in den Hörer. „Ja guten Tag, Bienert mein Name.“ Erneut leierte sie ihre Ausrede herunter und fragte, ob sie kurz mit Herrn Sachsenheimer sprechen könnte. Doch die Frau am anderen Ende klang abweisend. „Ja also wissen Sie, das ist jetzt schon sehr kurzfristig. Mein Mann ist grade erst aufgewacht. Ginge es denn nicht später, morgen vielleicht?“ ‚Bloß nicht, bis morgen hat er mit Jankovich gesprochen oder es sonstwie erfahren‘, dachte Charlotte und sagte: „Ab morgen bin ich leider den ganzen Tag unterwegs, auf Kongress, wissen Sie. Daher wäre es echt super, wenn ich jetzt mit ihm sprechen könnte. Damit würden Sie mir einen riesen Gefallen tun, ehrlich.“ Die Frau atmete genervt aus und rief dann nach ihrem Mann. „Peter?“, hörte Charlotte die Frau am anderen Ende rufen. Charlotte ballte die Faust. Sie konnte hören, wie das Ehepaar sich trotz abgedeckter Hörmuschel unterhielt. Nach einigen Augenblicken wurde die Hand von der Sprechmuschel genommen. „Ja, Peter Sachsenheimer hier?“ Charlotte wiederholte ihre Halbwahrheit und versuchte dabei, ihr Gewissen zu beruhigen. ‚Ist ja eigentlich nicht gelogen. Ich könnte ja tatsächlich mal ‘nen Tierpfleger-Artikel machen.‘ Dann hob sie an: „Vielleicht möchten Sie mir ein bisschen was zu den Tätigkeiten eines Tierpflegers für nachtaktive Tiere erzählen?“ Nachdem auch ihr aktueller Gesprächspartner ausführlich über seinen Arbeitsalltag erzählt hatte, probierte Charlotte erneut ihr Glück: „Wissen Sie, für unsere Leser ist es natürlich auch immer sehr spannend zu erfahren, welche persönlichen Schicksale sich hinter den Leuten verbergen. Also... Todesfälle oder Beziehungen... so was in die Richtung.“ Sie versuchte wieder, so belanglos wie möglich zu klingen und kreuzte Zeige- und Mittelfinger der linken Hand. Der Mann zögerte. „Hm... also ich weiß nicht. Ja, kann schon sein.“ Charlotte schwieg und ließ die Stille wirken. Das brachte die Menschen manchmal dazu, einfach weiter zu reden. Und tatsächlich funktionierte es auch dieses Mal. „Also ich hab’ schon ‘nen Kollegen, den Konstantin, das dürfen Sie aber nicht nehmen, gell, also den Namen jetzt“, fiel ihm dann ein. Charlotte Puls beschleunigte sich. Sie beeilte sich zu sagen: „Nein, nein, auf keinen Fall, den halte ich raus, schon allein wegen der Persönlichkeitsrechte.“ Der Tierpfleger fuhr fort: „Also mein Kollege, der ist ziemlich unglücklich verliebt. In ‘ne Kollegin, die jetzt schon länger weg ist.“ Charlottes Herz sank tiefer. Er konnte doch nicht Sanne meinen und ihren 3-wöchigen Urlaub in der Karibik? „Die ist schon seit fast zwei Monaten weg, und der Konstantin vermisst sie schon sehr.“ Charlotte fiel ein Stein vom Herzen. Nicht Sanne. Der Tierpfleger fuhr fort: „Das hat sich dann auch schon auf die Arbeit ausgewirkt. Der Konstantin hat zum Teil das falsche Futter gegeben oder um die falsche Uhrzeit. Das kann schon mal passieren, wenn man mit dem Kopf woanders ist. Aber es sollte eigentlich nicht passieren. Naja, wir sind halt auch nur Menschen.“ Charlotte hatte sich vor lauter Anspannung nicht getraut, zu atmen. Jetzt holte sie wieder tief Luft. „Ja, ja natürlich ist das menschlich, ich versteh‘ das total. Ich würde das auch nicht so darstellen, dass Ihnen oder Ihrem Kollegen da ein Schaden durch den Artikel entsteht, keine Sorge.“ Das schien den Tierpfleger zu beruhigen und er sagte. „Gut, gut, dann bin ich ja froh.“ Um nicht den Faden zu verlieren, hakte Charlotte betont beiläufig nach: „Ist aber auch ‘ne lange Zeit, zwei Monate. Spielt ja jetzt für den Artikel auch eigentlich keine Rolle, aber was genau ist denn bei der Kollegin los, wissen Sie das vielleicht?“ Wieder hielt Charlotte den Atem an. Sie wusste, dass sie sich mit diesen Fragen bereits jenseits des Terrains bewegte, den Menschen als Tabu-Bereich empfanden. Tatsächlich fühlte sich der Mann unwohl, wie sie an seinem Zögern erkennen konnte. Schließlich lenkte er doch ein. „Ich glaub‘ ein Verwandter von ihr ist gestorben und damit kommt sie nicht so klar. Aber mehr möchte ich da echt nicht ausplaudern.“ Jetzt war es für Charlotte an der Zeit, das Gespräch zu beendet. Sie verabschiedete sich mit großem Dank und versprach, sich bei ihm zu melden, wenn der Artikel in der freizugebenden Version fertig wäre. „Das kann aber noch etwas dauern, weil ich ja ab morgen auf Kongress bin." Dann legte Charlotte mit schlechtem Gewissen auf. ‚Oh mann, hoffentlich komme ich dafür nicht in Teufels Küche', dachte sie. Gleichzeitig hatte sie aber auch das Gefühl, der Wahrheit ein Stückchen näher gekommen zu sein. Sie hoffte, dass der Tierpfleger ihren Vorwand-Artikel vergessen würde, sobald er vom Tod seines Kollegen erfuhr. Notfalls könnte sie auch behaupten, den Artikel aus Pietätsgründen ruhen zu lassen.

Als nächstes rief Charlotte den vierten Namen auf der Liste an. „Hören Sie, das passt jetzt gar nicht, grad' hab' ich erfahren, dass ein Kollege von mir gestorben ist", sagte die Frau am anderen Ende der Leitung. ‚Verdammt', dachte Charlotte. „Ähm bitte entschuldigen Sie, mein... mein Beileid", beeilte sich Charlotte zu sagen. „Dann verabschiede ich mich jetzt am besten. Nochmals, mein Beileid." Obwohl sie sich mittlerweile wie ein Schwerverbrecher fühlte, wählte sie trotzdem noch die letzte Nummer auf der Liste. Doch auch bis zu diesem Zoomitarbeiter hatte sich der Tod Konstantin Brechnows schon herumgesprochen. Der Mann blockte jedes Gespräch ab und legte ohne weitere Begründung auf. Charlotte seufzte. Mehr konnte sie im Moment nicht tun. Außerdem fühlte sie sich angesichts ihrer Lügerei auch ziemlich gerädert. Charlotte wollte sich gerade vom Zeitungsstapel erheben, als ihr Handy klingelte. ‚Jankovich' las sie auf dem Display. Sie war sich nicht sicher, ob sie rangehen sollte.

Kapitel 9

Jankovich klopfte an Spechts Bürotür. „Jep", klang es durch die Tür. Der Kommissar trat ins Zimmer und Specht sagte: „Nur dass du's weißt, meine Frau ist sauer auf dich. Da hat man schon mal 'nen freien Tag...", er beendete den Satz nicht. Jankovich seufzte. „Tja, was soll ich sagen. Die Leichen kommen irgendwie immer ungelegen." Er lehnte sich mit dem Hintern an Spechts Schreibtisch und verschränkte die Arme. „Und, hast du was erfahren?" Specht zuckte die Schultern. „Nicht viel. Die Krankenkasse von Frau Sandner, übrigens die *Barmer GEK*, bestätigt den Kurantrag und dass sie ihn genehmigt haben." Er griff nach einem gelben Post-It auf seinem chaotischen Schreibtisch. „Die Sandner ist jetzt in der Rehaklinik Glotterbad. Die haben dort einen psychosomatischen Schwerpunkt. Da hab' ich auch schon nach ihr gefragt. Aber die Angestellte, die ich an der Strippe hatte, hat jede Auskunft über Patienten verweigert. Ich soll es aber mal bei der stationären Psychologin probieren. Ihre Nummer hat sie mir auch gegeben. Die Psychologin ist aber grade in 'ner Sitzung, ich probiere es dann einfach später noch mal." Specht zog die Augenbrauen hoch und fragte: „Und was hat der Herr selbst unternommen?" Jankovich nahm die Arme wieder runter. „Zugegebenermaßen nicht viel. Ich wollte erst mal die Obduktion abwarten. Ich könnte höchstens noch versuchen, die Zoomitarbeiter zu erreichen, die vorhin nicht im Versammlungsraum waren." Jankovich stieß sich vom Tisch ab. „Das mach' ich jetzt auch. Und du bleibst an der Psychologin dran?" „Was denn sonst", gab Specht lakonisch zurück.

Nach einem kurzen Telefonat mit dem immer noch desolat wirkenden Zoodirektor erhielt Jankovich eine zweiseitige Liste mit den Namen der Tierpfleger, die die Nachtschichten hatten. Er wählte die erste Nummer. Ein gewisser Holger Licht. „Ja“, kam es ruppig aus dem Hörer.“ „Guten Tag, mein Name ist Kriminalhauptkommissar Paul Jankovich. Ich habe leider schlechte Nachrichten...“, weiter kam er nicht. „Was, wurde der Konstantin etwa ermordet, oder wie?“, unterbrach ihn der Tierpfleger barsch. Jankovich stutzte. „Darf ich fragen, woher Sie vom Tod Ihres Kollegen erfahren haben?“ Unwirsch erwiderte der andere: „*BILD*-Homepage. Weiß der Teufel, woher die so schnell wussten dass der Kontantin tot ist. Aber sind ja wirklich alles Aasgeier von der Presse.“ Irritiert fragte Jankovich: „Wie meinen Sie?“ „Na so ‘ne unfassbar abgebrühte Reporter-Tante namens ... ach wie hieß die gleich, Biene oder so ähnlich, die hat mich grad‘ angerufen und hat versucht, mich für ihr Klitschenblatt auszuquetschen. Ganz schön frech, die Kleine“, brauste der Tierpfleger auf. ‚Ja, ganz schön frech, die Kleine. Das kann doch nicht wahr sein‘, dachte Jankovich. Er atmete einmal tief durch, um sich seine Verärgerung nicht anmerken zu lassen. Dann versuchte er, seinem aufgebrachten Gesprächspartner den Wind aus den Segeln zu nehmen, indem er Verständnis für seine Wut zeigte. Nachdem Holger Licht sich etwas beruhigt hatte, fragte Jankovich nach seinem Verhältnis zu dem verstorbenen Konstantin Brechnow. „Gut, soweit ich das einschätzen kann. Wenn ich daran denke, dass er sich... naja, dann kannte ich ihn wohl doch nicht so gut. Ich wusste, dass er scharf auf die Ulrike Sandner war. Der war schon ziemlich down als sie wochenlang nicht bei der Arbeit erschienen ist. Aber deswegen bringt man sich doch nicht um. So hätte ich ihn auch nie eingeschätzt." Nach einer halben Stunde verabschiedete Jankovich sich schließlich von dem Tierpfleger und warf einen Blick auf die Uhr. Gleich 17:00 Uhr. Er notierte sich die wichtigsten Aussagen von Holger Licht, heftete es in der Akte Brechnows ab und sammelte sich kurz. Dann suchte er Charlottes Telefonnummer raus und atmete noch einmal durch, bevor er ihre Nummer wählte.

Er hörte, wie Charlotte nach dem 3. Klingeln mit zaghafter Stimme abnahm. Mit mühsam beherrschter Stimme sagte Jankovich: „Frau Bienert, ich muss schon sagen, Sie schaffen es doch immer wieder, mich zu überraschen!" Kleinlaut versuchte Charlotte, die Ahnungslose zu mimen: „Aber was hab' ich denn verbrochen?" Jankovich schnaubte. Vorbei war es mit seiner Beherrschung. „Das wissen Sie genau, also stellen Sie sich nicht blöd. Herr Licht hat sich soeben bei mir über Sie beschwert. Geht das denn jetzt schon wieder los? Ich muss Sie wieder bitten, nein, wissen Sie was, ich fordere Sie auf, die Finger von diesem Fall zu lassen! Das geht so nicht, wirklich nicht, Frau Bienert." Dann verstummte er. Charlotte schwieg ebenfalls. Er konnte beinahe durch die Leitung hören, wie es in ihr arbeitete. „Ist Sanne aus dem Schneider?", fragte sie, und Jankovich wunderte sich, dass sie nicht klein beigab. Er seufzte genervt. „Nein, solange wir kein Fremdverschulden ausschließen können, ist sie es natürlich nicht. Aber das bedeutet nicht, dass Sie sich darum kümmern sollen. Wir machen das schon. Wenn Ihre Schwester nichts mit dem Tod von Herrn Brechnow zu tun hat, dann braucht sie auch nichts zu befürchten. Und Sie auch nicht“, fügte er noch hinzu. In diesem Augenblick klopfte es an Jankovichs Tür und ein Kollege trat in den Raum. Er lief zu Jankovich an den Tisch und überreichte ihm eine dünne Akte. Jankovich nahm das Papier wortlos entgegen, da er immer noch den Hörer am Ohr hatte, nickte seinem Kollegen aber dankbar zu. Dann schlug er den Pappdeckel der Akte auf und las die wenigen Sätze, die auf dem Papier standen. Dann schloss er kurz die Augen und atmete tief aus. Offenbar spürte Charlotte, dass es keine guten Neuigkeiten waren, denn ihr Stimme klang nun wieder unruhig aus dem Hörer: „Was haben Sie gefunden? Und erzählen Sie mir nicht, dass mich das nichts angeht“, fügte sie mit ungewohnter Hartnäckigkeit hinzu. Jankovich rang mit sich. Er wusste, dass er solche Informationen auf keinen Fall an Unbeteiligte weitergeben durfte. Andererseits... fühlte er eine Art Verpflichtung ihr gegenüber. Einem Impuls folgend gab er ihr widerwillig Auskunft. „Spuren des Toten in der Schubkarre. Die, die in der Futterküche stand. Da sich das Opfer höchst unwahrscheinlich selbst in der Schubkarre durch die Gegend gefahren hat, ist das jetzt offiziell eine Mordermittlung.“ Wieder war es still in der Leitung. „Das heißt leider auch, dass wir Ihre Schwester als Täterin nicht ausschließen können.“ Statt einer Antwort hörte er nur noch ein Tuten in der Leitung. „Frau Bienert?“, fragte Jankovich ungläubig in den Hörer.

Als Charlotte an diesem Abend die Wohnungstür zu ihrer WG aufschloss, hatte sie Angst vor dem Gespräch mit Sanne. Obwohl ihre Schwester schon gewusst hatte, dass zumindest der Abschiedsbrief bei der Leiche auf Probleme hindeutete, hatte das Wörtchen „tatverdächtig“ und die Tatsache, dass Konstantin wirklich umgebracht worden war, doch noch mal eine andere Dimension. Charlotte lief ins Wohnzimmer, wo Sanne und Christoph auf dem Sofa saßen. Einzelne Bastmattenteile von der Verlobungsparty lagen noch auf dem Boden herum und die Kokosnuss-BHs stapelten sich auf der Sessellehne. Sanne hatte ihre Beine über Christophs gelegt und beide sahen sorgenvoll auf Charlotte, als sie eintrat. Ihr Gesicht sprach offenbar Bände, denn Sanne fragte gleich: „So schlimm?“ Mit einem Grimasse-artigen Lächeln zuckte Charlotte die Schultern und sagte nur knapp: „Mord. Offiziell. Und du bist verdächtig.“ Sanne nickte wie betäubt. Christoph schloss die Augen und ließ den Kopf nach hinten auf die Sofalehne fallen.

Kapitel 10

Charlotte fand in dieser Nacht keinen Schlaf. Unruhig wälzte sie sich von einer Seite zur anderen. Immer wieder kämpfte sie mit der Angst, dass Sanne nun das Gefängnis drohte. Ganz egal, dass sie es nicht gewesen sein konnte. Es wäre ja nicht der erste Justizirrtum. Außerdem war es unerträglich heiß in Charlottes Zimmer. Aber das Fenster wollte sie wegen der drohenden Mückenstiche nicht öffnen. Sie schwitzte, strampelte die Decke von sich und trank immer wieder von ihrer Wasserflasche. Was dazu führte, dass sie im Halbstundentakt auf die Toilette musste. Erst in den frühen Morgenstunden sank sie schließlich erschöpft in einen traumlosen Schlaf. Als der Wecker kurz darauf klingelte, kam es Charlotte vor, als hätte sie nur Minuten geschlafen. Müde schlurfte Charlotte ins Badezimmer und begann, sich auszuziehen. Während sie unter der Dusche stand und sich gedankenverloren einseifte, fasste sie einen Entschluss. Sie würde zu Jankovich gehen. Direkt in sein Büro. Sie würde sich wieder in die Ermittlungen einklinken, koste es, was es wolle. Mit jeder Minute, die das Duschwasser sie wacher machte, kam ihr dieser Vorsatz immer vernünftiger vor. Motiviert von ihrem neuen Tatendrang drehte sie das lauwarme Wasser ab. Nachdem sie sich abgetrocknet hatte, schrieb Charlotte ihrem Chef Richling per SMS, dass sie sich für den Vormittag abmeldete. Sie wusste, dass sie mit seiner Rückendeckung rechnen konnte. Schließlich war ihm jede ihrer Bemühungen recht, die sie für die nächste große Story unternahm. Richling war offenbar ebenfalls bereits wach und schrieb kurz und knapp zurück: „Ist gut. Viel Erfolg und pass‘ auf dich auf!“

Um 8:00 Uhr morgens saß Jankovich am Schreibtisch und sah auf die Liste mit den Tierpflegernamen, die er von Zoodirektor Robertin erhalten hatte. Einige Zoomitarbeiter hatte er am Abend noch angerufen, hatte jedoch auch nicht mehr erfahren, als er ohnehin schon wusste. Sein Telefon klingelte und er sah auf dem Display, dass der Pförtner anrief. Überrascht nahm Jankovich ab. „Ja guten Morgen Herr Jankovich, eine Frau Bienert steht hier und möchte mit Ihnen sprechen.“ Jankovichs erster Impuls war, sie sofort durchwinken zu lassen. Doch dann schaltete sich sein Verstand ein. „Wir haben keinen Termin. Was möchte Sie denn?“, fragte er gespielt ahnungslos. Er hörte, wie Charlottes Stimme am anderen Ende der Leitung mit dem Pförtner sprach. Einzelne Worte wie „wichtige Hinweise“ und „dringend“ drangen durch den Hörer zu ihm durch. Der Pförtner sprach wieder zu Jankovich: „Also sie sagt, sie hätte wichtige Hinweise...“, doch Jankovich unterbrach ihn. „Ja, schon gut, ich hab’s gehört. Lassen Sie sie durch. Danke Ihnen.“ Wenig später klopfte es an seiner Tür, und nach einem knappen „Ja“ von Jankovich erschien Charlotte im Türrahmen. Während sie unsicher dort stehen blieb, musterte sie Jankovich. Trotz seines Ärgers musste er sich eingestehen, dass sie reizend aussah. Sie trug ein sommerlich-leichtes, dunkelrotes Kleid und hatte Keilsandalen an den Füßen, die sie etwas größer erscheinen ließen. Beim Blick in ihr Gesicht musste Jankovich jedoch feststellen, dass sie mitgenommen aussah: Sie hatte tiefe Augenringe und ein besorgter Ausdruck lag auf ihrem

Gesicht. Jankovich überkam eine Welle des Mitgefühls und er schraubte die forsche Note, mit der er sie begrüßen wollte, auf ein Minimum herunter. „Kommen Sie rein und setzen Sie sich“, sagte er zu ihr und sah dabei zu, wie Charlotte die Tür hinter sich schloss. Sie umrundete den großen Fikus in der Zimmermitte und setzte sich unsicher auf den Stuhl an seinem Tisch. Dann zog sie ihre Füße unter den Stuhl und ihre orangene Ledertasche auf den Schoß. Mit zusammengepressten Lippen richtete sie ihren Blick auf und sah Jankovich in die Augen. Jankovich konnte sich gerade noch ein aufmunterndes Lächeln verkneifen. Charlotte sagte: „Ja, ich weiß, Sie wollen mich nicht dabei haben. Und ich weiß, dieser Tierpfleger hat sich über mich beschwert. Aber ehrlich gesagt kann ich keine Rücksicht darauf nehmen.“ In ihrem Gesichtsausdruck veränderte sich etwas und sie sprach nun mit einer Entschlossenheit, die Jankovich schon neulich am Telefon überrascht hatte. „Ich möchte, dass Sie mich wieder in die Ermittlungen einbeziehen. Sie wissen, dass ich gut darin bin. Ich habe es bislang zwar nur einmal bewiesen, aber ich kann es wiederholen. Ich kann Ihnen von Nutzen sein. Ich komme bestimmt an mehr Insider-Informationen heran als sie. Einfach weil Sanne meine Schwester ist.“ Sie verstummte. Jankovich lehnte sich in seinem Stuhl zurück und verschränkte die Arme. Ablehnend erwiderte er: „Sie wissen doch, dass mein Chef das nicht gutheißen würde. Außerdem sind Sie befangen, zumindest wären Sie das hochgradig, wenn Sie Polizistin wären. Es geht einfach nicht.“ Zwar war ein Teil von Jankovich durchaus angetan, dass sie erneut versuchte, sich in die Ermittlungen einzuklinken. Trotzdem... er konnte einfach keine unbeteiligte Zivilistin in polizeiliche Ermittlungen involvieren und sie damit in Gefahr zu bringen. Schon wieder. Außerdem war er in gewisser Weise davon irritiert, dass sie wieder in sein Leben getreten war. In diesem Moment klopfte es an der Tür und Specht steckte den Kopf herein. Er sah Charlotte hinter dem Fikus jedoch nicht und hob schon an zu sprechen: „Der Erkennungsdienst fängt grade an, die Wohnung des Opfers zu durchsuchen...“, während er sprach, war er in den Raum gekommen und verstummte sofort, als er Charlotte erblickte. „Ja hallo, Frau Bienert“, sagte er überrascht und hielt ihr die Hand hin. Charlotte ergriff sie, zwang sich zu einem höflichen Lächeln und sagte dann: „Vielleicht lassen Sie sich ja erweichen. Ihr Kollege“, dabei schoss sie einen scharfen Blick auf Jankovich ab, „weigert sich nämlich, mich in Ihre Ermittlungen einzuweihen. Dabei habe ich bestimmt wertvolle Informationen für Sie. Oder ich kann sie noch beschaffen.“ Beinahe amüsiert verschränkte Specht jetzt ebenfalls die Arme vor der Brust und tauschte einen Blick mit Jankovich. Dann sagte er zu Charlotte, bevor Jankovich protestieren konnte: „Ok, dann lassen Sie mal hören. Was wissen Sie?“

Charlotte zog aufgeregt ihre Handtasche näher an ihren Oberkörper und begann, zu erzählen. „Also einer der Tierpfleger aus der Nachtschicht, mit denen ich gesprochen habe“, hob sie an und ignorierte dabei Jankovichs hochgezogene Augenbrauen geflissentlich. „Einer von denen hat erzählt, dass der Tote sehr in eine Kollegin verliebt war. Und diese Kollegin ist wohl schon seit zwei Monaten weg, weil ein Verwandter von ihr gestorben ist. Der Brechnow war davon wohl so mitgenommen, dass er schon Fehler beim Füttern der Tiere gemacht hat." Eilig schob Charlotte hinterher: „Und Sanne war ja nur drei Wochen im Urlaub. Sie kann also gar nicht diese Kollegin sein." Sie sah hoffnungsvoll zu Specht und Jankovich. Jankovich seufzte und sagte: „Das wissen wir bereits. Die betreffende Kollegin heißt Ulrike Sandner und befindet sich in einer Reha zur Trauerbewältigung." ‚Mist', dachte Charlotte. Doch sie gab nicht auf, denn sie hatte noch ein Ass im Ärmel. „Ein anderer Tierpfleger hat auch noch was Interessantes gesagt. Der Brechnow war wohl sehr versiert in Computerdingen. Er war anscheinend sogar Hacker." Sie sah wieder von Specht zu Jankovich und zurück. Das war offenbar eine neue Info für die beiden, denn sie wechselten einen schnellen Blick. Charlotte sprach schnell weiter: „Laut dem Tierpfleger, mit dem ich gesprochen habe, hat Brechnow die Firewall von irgendeiner großen Firma gehackt." Die beiden Männer schwiegen. „Ach kommen Sie, ich seh's Ihnen doch an, das wussten Sie vorher nicht!", sagte Charlotte protestierend. Jankovich zuckte lediglich kaum merklich mit dem Mundwinkel, bevor er zu sprechen anhob. „Gut, das sind tatsächlich Neuigkeiten." Dann atmete er wieder tief durch, als müsse er sich zu etwas durchringen und sagte: „Also gut, Sie kennen das ja vom letzten Mal. Ich spreche mal mit meinem Vorgesetzten, und falls der einverstanden ist, sind Sie wieder dabei." Charlotte brauchte zwei Sekunden, um zu verstehen, dass sie grade erreicht hatte, weshalb sie gekommen war. Doch dann breitete sich auf ihrem Gesicht trotz ihrer Anspannung ein Strahlen aus. Dankbar sah sie Jankovich an. Doch der schien ihre Vorfreude gleich eindämmen zu wollen: „Machen Sie sich keine allzu großen Hoffnungen. Wie gesagt, mein Chef wird davon nicht begeistert sein. Und überhaupt: Ich will nicht, dass das zur Regel wird. Sie sind keine Polizistin." Charlotte ertrug diese kleine Standpauke ohne mit der Wimper zu zucken. Stattdessen sagte sie übermütig: „Reden wir doch einfach noch einmal, wenn Sie mit Ihrem Chef gesprochen haben."

Nachdem Charlotte gegangen war, nahm Specht den Platz vor Jankovichs Schreibtisch ein. „Die Kleine, also echt. Irgendwie schon lustig, wie sie jetzt auf tough macht." Dann fragte er, angesichts der Launenhaftigkeit ihres Vorgesetzten: „Und, willst du Gantner jetzt wirklich fragen, ob sie mitmachen darf?" Verblüfft sah Jankovich seinen Kollegen an. „Natürlich, ich mache keine leeren Versprechen." „Klar, du edler Ritter", sagte Specht grinsend und fuhr dann fort: „Wenn der Brechnow tatsächlich so ein Computer-Ass war, sollen die Jungs vom Erkennungsdienst auf jeden Fall auch seinen Rechner mitnehmen und untersuchen." Jankovich nickte knapp, dann griff er nach dem Hörer, um beim Sekretariat von Kriminaloberrat Peter Gantner anzurufen.

Eine halbe Stunde später saß er im klimatisierten Büro seines Vorgesetzten. Gantner saß betont gelassen an seinem Schreibtisch. Es fehlte nur noch, dass er die Beine auf den Tisch legte und übereinanderschlug. Der Grund für Gantners entspannte Einstellung war einfach: Erst kürzlich war ein Fernsehbeitrag in den Stuttgarter Landesnachrichten ausgestrahlt worden, der sich wohlwollend über die Positivbilanz der Polizei geäußert hatte. Und in diesem Zusammenhang hatte der Präsident des Landeskriminalamtes auch ein öffentliches Lob zu Gantners Arbeit ausgesprochen. Der Präsident, der zufälligerweise auch Gantners Schwiegervater war, hatte sich bislang noch nie zu einer solch positiven Bemerkung hinreißen lassen. Seit Jahren buhlte Kriminaloberrat Gantner um die Gunst seines Schwiegervaters. Und dass das Loblied nun endlich und auch noch in der Öffentlichkeit stattgefunden hatte, war für Gantner der pure Seelenbalsam. Jankovichs Chef war also bester Laune. Als der Kommissar von Charlottes Bitte erzählte, reagierte Gantner daher eher unüblich mit einem milden Lächeln und sagte: „Aha. Und... schätzen Sie ihre Fähigkeiten denn als hilfreich ein?“ Jankovich dachte an Charlottes Hinweis, dass Brechnow IT-Kenntnisse besessen haben musste. Und wie schnell sie dieselbe Taktik verfolgt hatte wie er, die Tierpfleger-Kollegen der Nachtschicht zu befragen. „Ja“, antwortete er daher ehrlicherweise. Gantner rieb sich sein Doppelkinn zwischen Daumen und Zeigefinger und sagte dann, übertrieben gedehnt: „Na, also schön. Wenn sie so viel Interesse hat, uns zu unterstützen, dann sehe ich keinen Grund, warum wir ihre Hilfe ablehnen sollten. Und wer weiß, vielleicht berichtet sie anschließend auch wieder über einen erfolgreich gelösten Fall?“ Als würde er sich bereits im nächsten Lob sonnen, begann er zu grinsen. Doch Jankovich kannte Gantner. Wenn er jetzt schon zusagte, wäre es zu einfach gewesen. Gantner konnte in seiner Launenhaftigkeit plötzlich doch seine Meinung ändern und Charlotte nach einer ersten Zusage wieder zum Teufel schicken. Um seinem Chef das Gefühl zu geben, er hätte alle Optionen abgewogen, sagte Jankovich: „Auch auf die Gefahr hin, Sie zu enttäuschen, aber falls die Schwester von Frau Bienert doch in irgendeiner Form an dem Mord beteiligt ist, glaube ich kaum, dass sie einen Artikel über die Ermittlungen schreiben wird", sagte Jankovich. Das saß. Das Grinsen aus Gantners Gesicht verschwand augenblicklich und er beugte sich ruckartig vor. „Ja was denn nun", bellte er barsch. „Soll ich jetzt zusagen oder absagen?" Jankovich überlegte. Anhand seines selbsterstellten Stimmungsbarometers für seinen Vorgesetzten hatte er nun den Punkt „unabsehbare Reaktion" erreicht. Würde er ihn jetzt bitten, Charlotte einzubeziehen, war nicht klar, ob Gantner Logik walten lassen würde oder ihm vor Wut ein Schnippchen schlagen würde. Intuitiv sagte Jankovich: „Wissen Sie, ehrlich gesagt würde ich sie nicht gerne miteinbeziehen. Sie ist emotional zu sehr involviert. Auch wenn ihre Schwester sehr wahrscheinlich nichts mit dem Mord zu tun hat." Gantner schnaubte, dann atmete er tief durch, wie er es bei einem Anti-Wut-Training gelernt hatte, und sagte dann: „Hm, also hat die Schwester nichts damit zu tun?" Jankovich zog zur Antwort lediglich die Schultern hoch. Gantner seufzte. „Na, also dann... stellen Sie sich nicht so an, lassen Sie die Kleine halt wieder mitmachen." Jankovich grinste innerlich. Er hatte auf die richtige Karte gesetzt: Gantners Eitelkeit. Einen weiteren Bericht über die Leistungen seines Präsidiums würde er sich nicht entgehen lassen. Wie zur Bestätigung ergänzte sein Chef noch: „Und behandeln Sie sie gefälligst freundlich, wir wollen doch nicht, dass der Artikel im Anschluss negativ wird." Und bei dieser Entscheidung würde Gantner jetzt bleiben, dass wusste Jankovich. Daraufhin entließ Gantner den Kommissar aus seinem Büro. Jankovich zog die Tür hinter sich zu und blieb noch einen Augenblick im Flur stehen. Jetzt würde er also erneut mit Charlotte Bienert zusammenarbeiten. Er dachte wieder daran, wie sie vorhin noch mit sorgenvoller Miene in seinem Büro gesessen hatte. Und wie ihre Augen geleuchtet hatten, als er angekündigt hatte, mit Gantner zu reden. ‚Hoffentlich ist das kein Fehler', dachte Jankovich. Dennoch schlich sich ein Lächeln auf seine Lippen.

Charlotte war bereits auf dem Weg in die Waiblinger Redaktion. Als sie hörte, wie ihr Handy in der Tasche zu klingeln begann, begann sie hektisch nach dem Apparat zu angeln. Nach dem 3. Klingeln hob Charlotte ab. Es war Jankovich. „Also, gute Neuigkeiten – zumindest für Sie." Jankovich konnte sich diese Spitze nicht verkneifen. „Gantner hat zugestimmt." Charlotte stieß hörbar Luft aus, die sie davor angestrengt angehalten hatte. „Gut... nein, super, ehrlich! Ich bin froh, dass Sie das sagen!" Sie atmete einmal tief durch. „Ähm... Was schlagen Sie als nächstes vor?" Jankovich erwiderte: „Ich schicke Ihnen gleich die vollständige Liste der Tierpfleger, die zu derselben Schicht gearbeitet haben wie Brechnow. Wir teilen uns auf und rufen diejenigen an, mit denen noch keiner von uns gesprochen hat. Sie sagen einfach, dass Sie von mir legitimiert sind, nachzufragen. Wenn der Anrufer immer noch skeptisch ist, geben Sie sofort bereitwillig meine Telefonnummer an. Das sollte die Blockade schon lösen. Und heute Nachmittag können wir uns ja dann treffen, wenn wir alle Nummern durchhaben." „Klingt gut", sagte Charlotte ehrlich. „Wo sollen wir uns treffen?" „Kennen Sie das Cafe Holzapfel? So gegen 17:00 Uhr?" „Ja, kenne ich. In Ordnung, dann bis 17:00 Uhr." Charlotte wollte schon auflegen, aber sie hatte das Bedürfnis, Jankovich noch etwas zu sagen. „Danke Herr Jankovich, ehrlich, Sie wissen nicht, was das für mich bedeutet.“ Jankovich räusperte sich, als wäre ihm ihre Dankbarkeit unangenehm. „Ja, schon gut, wenn es uns allen hilft, den Mord aufzuklären, dann ist das doch eine gute Sache. Also bis später.“ Damit legte er auf.

Kapitel 11

Eine halbe Stunde später war Charlotte wieder in der Redaktion angelangt und saß an ihrem Schreibtisch. Noch war keine Email von Jankovich eingegangen. Sebastian war nicht am Platz, er hatte Richling und ihr aber per Mail geschrieben, dass er beim TV Bittenfeld war. Dort wollte er für einen Hintergrundbericht über die Trainingspläne der Volleyballmannschaft recherchieren und erst gegen Nachmittag zurückkehren. Charlotte wollte keine Sekunde verpassen, in der die Tierpflegerliste in ihrem Postfach eintreffen konnte. Deshalb blieb sie sitzen und rief ihren Chef drei Zimmer weiter über das Telefon an. „Jep", meldete sich Richling knapp. Charlotte informierte ihn über den Status quo. Richling war hocherfreut. „Na also, Mädchen, dann hast du es ja doch wieder geschafft", sagte er in einem Tonfall, in dem ‚hab' ich's doch gewusst' überdeutlich mitschwang. Charlotte überging augenrollend die übliche Verniedlichung und gab Richling noch Bescheid, dass sie bald wieder unregelmäßiger an ihrem Platz sein würde.
Fünf Minuten später traf endlich die Mail von Jankovich ein. Er schrieb:

„Hallo Frau Bienert,

im Anhang wie besprochen die Tierpflegerliste. Sie rufen bitte Oberstdorf bis Zeljan durch. Wenn es Probleme gibt, rufen Sie mich an.

Grüße
Paul Jankovich"

Unter seinem Namen war noch die offizielle Signatur des Kriminalpräsidiums angehängt. Charlotte zog ihr Kinn nach unten und imitierte eine beeindruckte Mimik. Dann öffnete sie die PDF im Anhang. Nach den Angaben von Jankovich hatte sie 12 Namen durchzutelefonieren. Sie überflog die restlichen Namen: es waren noch sieben weitere, die Jankovich übernehmen würde. Erst wunderte sich Charlotte, dass er weniger Telefonate übernahm als sie, kam dann aber zu dem Schluss, dass er noch anderes zu erledigen hatte. Sie drückte auf Print und schrieb sich zur Sicherheit noch einmal auf, mit welchen Worten sie sich diesmal am Telefon melden wollte. Dann begann sie, einen Tierpfleger nach dem anderen anzurufen.

Um kurz nach 17:00 Uhr stieg Charlotte an der S-Bahn-Haltestelle Stadtmitte aus und lief die Treppen aus der Bahnstation nach oben, von wo es nur wenige Schritte bis zum Cafe Holzapfel waren. Sie konnte Jankovich nirgends sehen, und während sie noch überlegte, ob sie schon mal drinnen warten sollte, ging eine SMS bei ihr ein. Sie war von Jankovich: „Holen Sie sich schon mal was zu trinken, ich komme in 15 Minuten nach." Also drückte Charlotte die gläserne Tür auf und betrat das Wohnzimmer-ähnliche Cafe: Tische und Stühle in verschiedensten Formen und Farben erinnerten an eine bunt zusammengewürfelte, gemütliche Wohngemeinschaft. An der Theke bestellte sie sich einen Eiskaffee und steuerte einen kleinen Tisch an, neben dem sich keine weiteren Gäste aufhielten. Charlotte wollte sich auch nicht draußen hinsetzen, schließlich sollten keine neugierigen Ohren oder vorbeilaufende Passanten ihr Gespräch belauschen. Sie setzte sich und begann, in ihrem Kaffee zu rühren. Dann zog sie ihren Notizblock hervor und sortierte geistig schon einmal die Telefon-Notizen, die sie bei den Gesprächen mit den Tierpflegern gemacht hatte. Sie war so in Gedanken versunken, dass sie Jankovich erst bemerkte, als er direkt neben ihr stand. In seinem Gesicht war ein besorgter Ausdruck, als er sich nach der Begrüßung zu ihr an den Tisch setzte. Beunruhigt fragte Charlotte: „Ist etwas?“ Langsam schüttelte der Kommissar den Kopf. „Später.“ Charlotte zog die Augenbrauen zusammen. Sie spürte, dass etwas passiert sein musste, das ihr nicht gefallen würde. Doch Jankovich unterbrach ihre Gedanken: „Haben Sie denn etwas Interessantes erfahren?“ „Ähm“, sie räusperte sich und blätterte in ihrem Notizbuch zum Beginn ihrer Aufzeichnungen. „Also, bei den meisten habe ich nicht wirklich mehr erfahren, als wir schon wussten. Zwei von den Tierpflegern wollten partout nicht mit mir reden, ich habe ihnen jeweils Ihre Nummer gegeben, die werden Sie wahrscheinlich demnächst anrufen.“ Sie blickte zu Jankovich auf, dieser nickte zustimmend. „Wollen Sie eigentlich nichts trinken?“, fragte Charlotte plötzlich, als ihr auffiel, dass kein Glas vor dem Kommissar stand. „Nein, alles gut, fahren Sie fort.“ Er saß immer noch in seiner Lederjacke am Tisch. Er machte dadurch den Eindruck, als wäre er auf dem Sprung. Charlotte unterdrückte den Impuls, die Neuigkeiten schnell herunterzurasseln und zwang sich zur Ruhe. Schließlich hatte sie genau das erledigt, worauf sie sich im Vorfeld geeinigt hatten. Sie blätterte weiter in ihren Notizen. „Das war interessant. Ich habe mit einem gewissen Johannes Gäbele gesprochen. Er war wohl die offizielle Vertretung von Konstantin Brechnow. Und das bedeutet wohl auch, dass bei Urlaub oder Krankheit des Kollegen jeweils die Post von der Vertretung geöffnet werden darf. Jedenfalls hat dieser Gäbele erzählt, dass er neulich, als Brechnow krankgemeldet war, einen Brief an ihn geöffnet hat.“ Charlotte machte eine Kunstpause, und als Jankovich nicht reagierte, fuhr sie fort: „Es war ein Brief von einer Krankenkasse, der *Barmer GEK*, um genau zu sein. Darin stand, dass sie ihm, also Brechnow, keine Auskünfte über Patienten geben dürfen. Daher könnten sie seine Anfrage nach dem Verbleib von Ulrike Sandner nicht beantworten.“ Jankovich runzelte die Stirn und machte „Hm.“ Dann zog er den Reißverschluss seiner Jacke auf, was den Eindruck, auf dem Sprung zu sein, etwas verringerte. Gleichzeitig beugte er sich über den Tisch in Charlottes Richtung und sie konnte wieder seinen Aftershave-Geruch wahrnehmen. Er schnalzte mit der Zunge. „Also hat Herr Brechnow sich nicht nur stark für Frau Sandner interessiert. Er hat ihr auch schon hinterhergeschnüffelt. So ein Aufwand ist ja nicht normal, auch nicht, wenn man noch so sehr verliebt ist.“ Er sah Charlotte in die Augen und sie richtete ihren Blick schnell wieder auf ihr Notizbuch. Jankovich schob hinterher: „Dieses Verhalten spräche ja schon für einen psychisch eher labilen Menschen.“ In Charlotte glomm ein Funken Hoffnung auf. „Also meinen Sie doch, es könnte Selbstmord gewesen sein? Und die Spuren in der Schubkarre haben vielleicht andere Gründe?“ Wieder schüttelte Jankovich den Kopf und räusperte sich. „Nein, es war eindeutig Mord. Ich komme grade von der Kriminaltechnik. Deswegen hab’ ich mich auch verspätet.“ Er brach ab und zögerte. Charlotte merkte, dass jetzt etwas Unangenehmes folgen würde und sie spürte unwillkürlich, wie ihr Puls anstieg. „Die Spuren müssen jetzt natürlich erst mal ausgewertet werden. Klar. Nur... die Kriminaltechnik hat etwas an der Kleidung Brechnows gefunden. Ein... gelocktes, blondes Haar.“ Er verstummte. ‚Ein gelocktes, blondes Haar‘, hallte es in Charlottes Kopf nach. Sie schluckte trocken und war einen Augenblick vom Schock wie gelähmt. Dann begann ihr Kopf wieder zu arbeiten. „Aber... das muss nicht heißen, dass es von Sanne ist. Oder? Das kann genauso gut von jemand anderem sein.“ Charlotte versuchte, nicht zu verzweifelt zu klingen. Jankovich fuhr ruhig fort. „Natürlich, das kann alles sein. Wir klären erst mal, ob es überhaupt von einer Frau stammt. Erst dann würden wir von Ihrer Schwester und gegebenenfalls anderen, passenden Kolleginnen eine Speichelprobe entnehmen. Aber...“, er stockte und sah wie sich Besorgnis auf ihrem Gesicht ausbreitete. „Wirklich Frau Bienert, das muss nichts heißen. Das ist reine Routine.“ Ein paar Augenblicke lang herrschte Schweigen zwischen den beiden und Charlotte senkte den Blick auf den Tisch. Jankovich klopfte sanft mit einer Hand auf die Tischplatte in Charlottes Sichtfeld. „Kommen Sie, weiter im Text“, sagte er aufmunternd. „Haben Sie noch etwas erfahren?“ Langsam begann Charlotte wieder in ihrem Notizbuch zu blättern und überflog geistesabwesend ihre eigene Handschrift. Doch sie konnte sich nicht mehr darauf konzentrieren. Wieder sah sie Jankovich ins Gesicht. Sie holte Luft, stockte kurz und sprach dann: „Ich... ich glaube nicht, dass ich noch etwas Neues erfahren habe. Ehrlich gesagt... Können wir stattdessen nicht kurz über Ihre Gespräche reden?“ „Klar. Aber ich glaube ich hole mir jetzt doch erst mal was zu trinken.“ Charlotte nickte und ließ sich in dem

Stuhl zurückfallen, als Jankovich zur Theke lief. Sie vermutete, dass er ihr ein wenig Zeit einräumen wollte, um sich zu fangen. Als er zurückkehrte, stellte er einen Schokoladenmuffin vor ihr ab. In der Zwischenzeit hatte er auch seine Lederjacke ausgezogen. Nachdem er eine gekühlte Limonade vor seinen eigenen Platz abgestellt hatte, legte er seine Jacke über die Stuhllehne und setzte sich. Dann begann er, die Ärmel seines Hemdes nach oben zu krempeln. Charlotte beobachtete ihn dabei unwillkürlich und ihr Blick fiel auf seine Unterarme. Sie waren sehnig und von hellblonden Haaren bedeckt. Schnell richtete Charlotte den Blick wieder auf den Muffin vor sich und musste angesichts dieser tröstenden Geste lächeln. „Danke für den Muffin. Wollen Sie vielleicht die Hälfte?“ Jankovich lächelte ebenfalls und zuckte nur mit den Schultern. Charlotte verstand das als Zustimmung und brach den Muffin in zwei Hälften. Sie schob ihm die eine Hälfte auf der Serviette über den Tisch. Jankovich griff jedoch zunächst nach seiner Limonade und begann: „Ich weiß jetzt jedenfalls eine Menge mehr über Tierscheiße, als ich jemals wissen wollte.“ Er grinste jetzt, und Charlotte musste wider Willen lachen.

Als beide wenig später in Jankovichs Auto saßen und er sie heimwärts fuhr, fragte sie: „Finden Sie es eigentlich nicht merkwürdig, dass man bei dem Tod eines Elternteils so aus der Fassung gerät, dass man eine Kur braucht? Ich meine, verstehen Sie mich nicht falsch, natürlich ist das schlimm, aber rechnet man nicht irgendwann damit, dass die eigenen Eltern sterben werden?“ Jankovich nickte. „Ja, das stimmt sicherlich. Normalerweise. Aber Frau Sandner ist ja noch keine 40 und in dem Alter ist es vielleicht doch ganz schön hart. Ich weiß ja auch nicht genau, in welcher psychischen Verfassung sie ist. Aber das könnten wir jetzt herausfinden. Vielleicht gibt es Neuigkeiten aus der psychosomatischen Reha." Er tippte auf sein Handy, das in einer Halterung am Armaturenbrett über dem Radio befestigt war und aktivierte die Sprachsteuerung. Dann sagte er laut „Specht anrufen", und einige Augenblicke später hörte Charlotte das Freizeichen. „Ja grüß dich Paul", ertönte anschließend die Stimme des Kommissars im Wagen. Jankovich sagte mit erhobener Stimme: „Hallo Hubert, ich sitze grade mit Frau Bienert im Auto. Kannst du uns schon was Neues über Frau Sandner erzählen?" Specht schnaubte. „Nicht wirklich. Ich hatte zwar endlich die Psychologin an der Strippe, aber die gute Frau war wohl grade zwischen zwei Sitzungen. Die hat mich ziemlich schnell abgebügelt. Sie hat gesagt, sie kenne die Namen ihrer Patienten nicht auswendig und ich solle mich gedulden." Hubert Spechts spöttischer Stimme war anzuhören, dass er von der Psychologin nicht viel hielt. Er atmete einmal durch, wie um sich zu bremsen, fuhr dann aber ebenso leidenschaftlich fort. „Das Psychologen-Ass hat gesagt, sie ruft mich zurück, sobald sie die Krankenakte gefunden hat. Mit dem Hausarzt von Ulrike Sandner hab' ich auch gesprochen, der hat bestätigt, dass sie eine Art posttraumatische Belastungsstörung hat und dass er ihr deswegen die Kur verschrieben hat. Naja, und die Kriminaltechnik braucht noch 'ne Weile, aber..." Dann stockte er. Offenbar war ihm eingefallen, dass Charlotte mit im Wagen saß. Jankovich sagte: „Frau Bienert weiß vom dem Haar. Gibt's da schon Neuigkeiten?" Specht zögerte, dann sagte er: „Ja, also, der

Schnelltest hat ergeben, dass es ungefärbt ist. Bei der Länge und dem Pflegezustand ist es sehr wahrscheinlich ein weibliches Haar. Aber ich warte erst noch, was die genetische Analyse ausspuckt." Dann fügte Specht hinzu: „Tut mir leid, Frau Bienert. Aber... das Haar muss ja nichts heißen", sagte er und schloss sich damit unbewusst Jankovich an, der ebenfalls versucht hatte, Charlottes Sorgen zu relativieren. „Schon gut", sagte Charlotte tapfer. Dann beendeten sie das Gespräch. Wenige Minuten später hielt Jankovich nach Anweisung von Charlotte das Auto vor ihrer Wohnung an. Als Charlotte schon die Hand am Türgriff hatte, fragte Jankovich unvermittelt: „Ist Ihre Schwester da?" Irritiert drehte sich Charlotte wieder zu ihm um und sagte gedehnt: „Ja, ich denke schon." Jankovich war nicht wohl dabei, aber er musste schließlich seinen Job machen. „Dann begleite ich Sie noch kurz mit rauf. Ich würde gerne mit ihr reden. Ganz unverbindlich." Langsam nickte Charlotte. Ein Ausdruck der Enttäuschung legte sich auf ihr Gesicht. „Ok", sagte sie tonlos und drückte die Autotür auf.

Kapitel 12

Vor der Wohnungstür hielt sie den Schlüssel in der Hand und sagte zu Jankovich: „Bitte lassen Sie mich kurz mit ihr sprechen. Schließlich ist das hier unser Zuhause und ich will nicht, dass Sanne in den eigenen vier Wänden unangekündigt von der Polizei verhört wird.“ Dann schloss sie schnell die Tür auf, bevor Jankovich widersprechen konnte, dass er Sanne gar nicht verhören wolle. Charlotte lief in die Wohnung und rief halblaut nach Sanne, während Jankovich langsam eintrat und die Tür hinter sich zumachte. Er blieb jedoch im Flur stehen, um wie gebeten zu warten. Er sah sich um: Der Flur war hell gestrichen, eine weiße, schmale Kommode stand an der Wand. Darauf stand eine Schlüsselschale, die Aufladestation des Festnetzapparates und ein dekoratives Windlicht. An der Wand über der Kommode waren Fotografien und Postkarten an einer Magnettafel befestigt, und Jankovich zögerte kurz, ob er sich die Motive genauer ansehen sollte. Dann gab er aber seiner Neugier nach und trat näher heran. Es waren einige Schnappschüsse von Sanne und Charlotte darauf, die die Schwestern in verschiedensten Situation zeigten. Ebenso war ein junger, gutaussehender Mann auf ein paar Bildern zu sehen. Etwas in seinen Zügen und seiner Körperhaltung verriet Jankovich, dass es ein schwuler Mann sein musste. Andere Aufnahmen zeigten Sanne gemeinsam mit ihrem Verlobten, wie Jankovich vermutete. Sein Blick blieb auf einem Bild hängen, das noch nicht allzu lange dort hängen konnte. Es zeigte Charlotte, die vollkommen unbekümmert in die Kamera lachte. Es gefiel ihm auf Anhieb: Es war ein Lachen, das von Herzen kam. Es hatte sie in dem Moment überkommen, als ein kleines Äffchen auf Charlottes Schultern herumturnte. Jankovich kniff die Augen zusammen und erkannte ein Totenkopfäffchen. Er musste lächeln. In diesem Augenblick hörte er, wie Charlotte nach ihm rief. Er lief langsam in die Richtung, aus der ihre Stimme kam und betrat das Wohnzimmer. Er sah, dass Charlotte neben ihrer Schwester auf einer hellen Couch saß. Sanne sah Jankovich mit einer Mischung aus Ärger und Angst an. Der Kommissar hob an, um sein Erscheinen zu erklären, als sein Blick auf einen vollen Wäschekorb fiel, der in einer Raumecke stand. Obenauf lag ein rosafarbener BH mit weißen Blümchen, und als er den Kopf schnell wieder zum Sofa lenkte, sah er, dass Charlotte seinen Blick ebenfalls bemerkt hatte. Da sie knallrot anlief, schloss er daraus, dass es ihre Unterwäsche war. Er tat jedoch so, als würde er nichts bemerken und sah Sanne an. „Es tut mir leid, dass ich hier so reinplatze, aber ich dachte ich nutze die Gelegenheit, wenn ich schon mal hier bin.“ Sanne zuckte unmotiviert mit den Schultern und verschränkte die Arme vor der Brust. „Nur zu, jetzt sind Sie ja schon da.“ Jankovich räusperte sich und setzte sich unaufgefordert in den Sessel ihnen gegenüber. „Also, wir würden gerne von Ihnen eine Speichelprobe nehmen.“ Sanne atmete scharf ein und Jankovich hob beide Arme in einer beschwichtigenden Geste. „Das muss Sie nicht beunruhigen, wirklich. Das wäre auch auf freiwilliger Basis. Aber es würde uns natürlich helfen, den... Todesfall Ihres Kollegen aufzuklären. Das können wir aber auch ein andermal auf dem Revier machen. Ich wollte mich eigentlich auch über etwas anderes mit Ihnen unterhalten.“ Er machte eine kurze Pause und fuhr dann fort. „Wie gut kennen

Sie Ulrike Sandner?“ Sanne löste beide Hände, um sie in den Schoß fallen zu lassen. „Keine Ahnung, kaum eigentlich. Sie war eher still und zurückhaltend. Ich hab’ mich nur selten mit ihr unterhalten.“ Jankovich gab sich mit der Antwort nicht zufrieden. „Denken Sie bitte nach, es könnte wichtig sein. Gibt es vielleicht etwas, das sie über ihren Vater gesagt hat?“ Zwischen Sannes Augenbrauen zog sich eine Falte, dann schien sie zu überlegen und sie antwortete: „Hm... naja, ihr Spind ist ja in der Nähe von meinem. Da hab’ ich mal was gesehen... ist aber schon Monate her. Also da hängt ein Bild von einem älteren Mann in der Tür. Als ich es mal zufällig gesehen hab’ und sie darauf angesprochen habe, meinte sie, das sei ihr Vater. Das fand ich schon ungewöhnlich, in dem Alter hängt man doch von seinen Eltern keine Bilder mehr auf. Also zumindest nicht auf der Arbeit. Ich hab’ dann nur so was gesagt in Richtung ‚Wow dann habt ihr aber ein tolles Verhältnis, oder?‘ Aber sie hat nicht wirklich drauf reagiert. Hat nur gemeint, er sei alles, was ihr nach dem Tod ihrer Mutter geblieben sei. Die ist glaub‘ bei einem Unfall gestorben, als Ulrike noch ganz klein war. Aber dann hat sie auch gleich darauf den Spind zugemacht und ist gegangen.“ Sanne sah Jankovich nachdenklich an. „Wieso ist das wichtig?“ Der Kommissar zuckte die Achseln und sagte: „Ich weiß nicht, ob es wichtig ist, aber... Herr Brechnow hatte offenbar großes Interesse an Frau Sandner. Und da er jetzt tot ist...“, er ließ den Rest des Satzes unausgesprochen. Eigentlich durfte er solche Überlegungen gar nicht mit Zivilpersonen teilen. ‚Halt dich zurück, Paul‘, schalt er sich innerlich und ein strenger Zug schlich sich um seine Lippen. Dann fiel sein Blick auf Charlotte. Sie hatte die ganze Zeit über nervös an einem Armband gespielt. Es war ein Muschelarmband, wie Jankovich jetzt bemerkte. Der Zug um seine Lippen verschwand wieder und er sagte: „Das ist ein schönes Armband.“ Charlotte lächelte angespannt. „Das hab’ ich ihr geschenkt“, sagte Sanne stolz. Jankovich warf einen Blick auf seine Armbanduhr und erhob sich dann aus seinem Sessel. „Also gut, es ist schon spät, ich will Sie nicht weiter stören. Wenn Ihnen noch irgendetwas zu Frau Sandner oder Herrn Brechnow einfällt, melden Sie sich bitte.“ Als er schon auf dem Weg zum Flur war, drehte er sich noch einmal um. „Ach, wie sieht Frau Sandner eigentlich aus?“ Die beiden Schwestern waren ebenfalls aufgestanden und folgten Jankovich in Richtung Haustür. Sanne sagte: „Hm, naja, etwas kleiner als ich, etwas moppeliger vielleicht.“ Jankovich griff nach der Türklinke, während Sanne fortfuhr: „Aber tolle große Augen. Und blonde Naturlocken, so ähnlich wie meine.“

Nachdem Jankovich gegangen war, tauschten sich Charlotte und Sanne über den vergangenen Tag aus. Irgendwann fragte Charlotte gähnend: „Wo bleibt eigentlich Christoph?“ Sanne seufzte und warf einen Blick auf die Wanduhr. 21:37 Uhr. „Hm, keine Ahnung, er wollte wohl einer seiner Kolleginnen noch bei irgendwas helfen. Aber so langsam könnte er echt mal heim kommen.“ ‚Heim‘, dachte Charlotte und spürte einen kleinen Stich im Herzen. Seit die beiden verlobt waren, kam Christoph fast jeden Abend zu ihnen in die WG, während er zuvor eigentlich nur an den Wochenenden bei ihnen gewesen war. Natürlich freute sich Charlotte einerseits darüber, dass sich die Beziehung ihrer Schwester weiter entwickelte. Und sie mochte Christoph gern. Gleichzeitig kam es ihr aber auch so vor, dass Christoph einen Keil zwischen sie und Sanne trieb, wenn auch unwillentlich. Charlotte vermisste die Stunden, die sie immer alleine mit Sanne verbracht hatte. Selbst wenn sie sich nicht unterhielten, gab ihr ihre gegenseitige Anwesenheit doch ein Gefühl von Sicherheit und Geborgenheit. Charlotte wischte die Gedanken beiseite. ‚Das ist Unsinn', sagte sie sich, und in diesem Augenblick hörten beide, wie die Haustüre aufgeschlossen wurde. Kurze Zeit darauf trat Christoph ins Wohnzimmer und begrüßte Sanne mit einem flüchtigen Kuss. „Na du Rumtreiber, du warst aber lange unterwegs", feixte Sanne. Christoph lief ins Bad, um sich die Hände zu waschen und sprach nebenher laut in Richtung Wohnzimmer. „Ja, sorry, ich weiß. Die Jessy entwickelt doch grad so 'ne App. Irgendwie sind da jede Menge Bugs drin." Er kam zurück ins Wohnzimmer. „Jessy? Bugs?", fragte Sanne mit leicht scharfem Unterton. „Ja, meine Kollegin, die auch bei unserer Verlobungsparty war. Die rothaarige, weißt du doch. Und Bugs sind Fehler, mein Schatz, das hab' ich dir doch schon ein paar Mal erklärt." Doch das beruhigte Sanne keineswegs. „Und du bist der einzige männliche Kollege, der ihr bei diesem Problem weiterhelfen kann?" Sie betonte das Wort „männlich" und klang sehr eifersüchtig, wie Charlotte peinlich berührt feststellte. Sie rief sich die besagte Kollegin vor Augen und überlegte: ‚War die nicht eher total unscheinbar? Und überhaupt: Christoph und Sanne sind frisch verlobt, das ist doch in der Regel nicht der Zeitpunkt für eine Affäre.' Charlotte klinkte sich aus dem Gespräch aus. „Diskutiert ihr zwei das mal, ich geh' jetzt schlafen. Gute Nacht", sagte sie und lief in Richtung Bad, um sich bettfertig zu machen. Bevor sie die Badezimmertür hinter sich schloss, hörte sie, wie Christoph mit beruhigenden Worten zu Erklärung ansetzte: „Aber Schatz, mach‘ dir bitte keine Sorgen. Die Jessy ist doch eh vergeben. Genauso wie ich. Aber ich bin halt der Einzige in der Firma, der selber schon mal ‘ne App programmiert hat...“

Kapitel 13

Am nächsten Morgen fühlte Charlotte sich wieder fitter. Sie hatte mehr Schlaf gefunden als in der Nacht zuvor und fühlte sich nach der morgendlichen Dusche frisch und motiviert. Heute hatte sie sich für einen grünen, ärmellosen Overall entschieden. Der war zwar etwas unpraktisch, sobald man auf die Toilette musste, aber Max hatte geschworen, dass sie darin einfach super aussähe. Er war damals bei der Einkaufstour dabei gewesen und hatte ihr den Einteiler in die Hand gedrückt. Andernfalls hätte Charlotte sich niemals dafür entschieden. Zu dem Overall wollte sie jedoch nicht wieder die Keilsandalen anziehen, die Max ihr dazu empfohlen hatte, sondern stieg auf bequeme, rosafarbene Ballerinas um. Sie wusste ja nicht, ob sie heute noch viel laufen musste.

Nach dem Frühstück checkte Charlotte ihr Handy. Sie hatte noch kein To-Do von Jankovich erhalten und entschied sich daher, in die Redaktion zu fahren. Dort wollte sie sich in der Zwischenzeit um die Alltagsaufgaben kümmern, die sie bei der *Weinstadt Woche* zu erledigen hatte. Nachdem sie im Büro angekommen war, fuhr sie ihren Rechner hoch, sortierte als Erstes ihre Emails im Outlook-Postfach und sah, dass einer der Lokalreporter ihr seinen dreiseitigen Bericht geschickt hatte. Darin ging es um die bevorstehende Schließung einer wohltätigen Kleidersammelstelle. Interessiert las Charlotte den Bericht durch und lobte im Geiste den Kollegen, der einen guten und mitreißenden Artikel geschrieben hatte. Dem Bericht waren auch einige Fotos aus der Sammelstelle angehängt. Zwei der

Mitarbeiter, denen nun die Arbeitslosigkeit drohte, waren ebenfalls auf den Bildern zu sehen. Mitleidig betrachtete Charlotte die traurigen Gesichter der beiden und begann, den Bericht ins Layoutprogramm hochzuladen, um den Artikel ins richtige Format einzupassen. Eine Stunde später kam Sebastian ins Büro. Heute trug er Khaki-Shorts, ein T-Shirt mit einem comicartigen Motiv darauf und Flip-Flops. Für einen Mann hatte Sebastian ungewöhnlich gepflegte Füße, wie Charlotte feststellte. Doch sie war sich sicher, dass er darin, genauso wie in sein übriges Äußeres, eine Menge Zeit investierte. „Hallöchen", sagte Sebastian, diesmal wieder unbefangen und fröhlich. „Hi", erwiderte Charlotte überrascht und drehte sich in seine Richtung. Dann fragte sie: „Warum so fröhlich? Ich meine, ich bin ja froh dass du mir nicht mit Hass und Verachtung begegnest, aber darf man erfahren, warum?" Sie wunderte sich selbst über ihre Bissigkeit. Aber wahrscheinlich weckte die Tatsache, dass sie sämtlichen Respekt vor ihm verloren hatte, ungeahnte Stärke in ihr. „Ich hab' jemanden kennen gelernt", erwiderte ihr Kollege gelassen und grinste breit. „Und das auch noch während der Arbeit", sagte er, während er sich in seinen Drehstuhl fallen ließ und seine Tasche und Kameratasche auf den Boden neben sich fallen ließ. Jetzt musste Charlotte wider Willen lächeln. Wenn Sebastian nun ein anderes Opfer gefunden hatte, würde er vielleicht endgültig verschmerzen, dass sie ihn zurückgewiesen hatte. „Ach, etwa beim TV Bittenfeld?" „Jep. Cleo war zufällig auch dort und hat mich angequatscht, warum ich Fotos mache. Sie ist die Schwester eines der Trainer. Dann hab' ich ihr meinen Pressehänger gezeigt – und was soll ich sagen, die Ladies sind einfach beeindruckt wenn man im Auftrag der Volksaufklärung unterwegs ist", erklärte er großspurig. Charlotte imitierte einen übertrieben anerkennenden Gesichtsausdruck und sagte: „Ja so ein Glück, dann hast du ja vielleicht endlich die Liebe deines Lebens gefunden." Sebastian taxierte sie einen Augenblick. Er sah aus, als wollte er ihr gleich eine anzügliche Bemerkung entgegnen. Doch wahrscheinlich hielt ihn Richlings drohende Bestrafung davon ab. Stattdessen drehte sich Sebastian schwungvoll zu seinem Monitor um und aktivierte seinen Rechner. Auch Charlotte drehte sich wieder um und seufzte. Sie warf einen Blick auf die Zeitanzeige auf ihrem Monitor. 11:15 Uhr und noch keine Nachricht von Jankovich. Sie beschloss, kurz bei ihrer Kollegin Ute vorbeizuschauen.

Ute saß ein Stockwerk tiefer in der Online-Redaktion. Genauer gesagt war Ute die Online-Redaktion. Als einzige Mitarbeiterin im Digital-Bereich pflegte sie die Inhalte der Zeitung in die Homepage der *Weinstadt Woche* ein. Ute war Charlotte eine liebgewonnene Kollegin, wenngleich die beiden aufgrund des Altersunterschiedes keine Freunde waren. Ute war verheiratet, knapp 15 Jahre älter als Charlotte und hatte bereits zwei Kinder. Als Charlotte bei Ute an die Tür klopfte, rief diese gewohnt fröhlich: „Hereinspaziert!" Charlotte trat ein. Ute sah über den Rand ihrer türkisfarbenen Brille von ihrem Bildschirm hoch und lächelte, als sie sah, wer sie besuchen kam. „Na du, was gibt's Neues?" Dann schlich sich ein besorgter Ausdruck auf ihr Gesicht, und bevor Charlotte antworten konnte, sagte sie: „Ach ja, ich hab's schon gehört. Wie krass, oder? Wie geht's Sanne? Und ermittelst du jetzt wieder mit der

Polizei?“ Charlotte musste unwillkürlich den Kopf schütteln. Der Flurfunk war aber auch ein zuverlässiger Informant. „Hm... ja, doch, ihr geht’s gut. Und ja, ich ermittle wieder“, dabei setzte sie Gänsefüßchen in die Luft. „Bisher haben wir aber noch nicht allzu viel herausbekommen.“ Sie lehnte sich gegen Utes Tisch und verschränkte die Arme. Dann schien Charlotte eine Idee zu kommen. „Sag mal, Ute, du kennst dich doch hier am besten mit Technik aus.“ Das tat Ute wirklich. Sie hatte profunde Programmierfähigkeiten, die aber für die reine Homepage-Pflege der Zeitung so gut wie nie zum Einsatz kamen. Charlotte fuhr fort: „Wie schwer ist es denn, so eine Firewall zu durchbrechen?“ Das hätte sie eigentlich auch gestern Abend noch von Christoph erfahren können. Aber der war damit beschäftigt gewesen, Sanne zu besänftigen. Ute zog verwundert die Augenbrauen hoch, dann pfiff sie lautlos Luft durch die Vorderzähne. „Du frägst Sachen. Naja, easy ist es nicht.“ Ute war dank ihrer Kinder sprachlich öfter im Jugendslang unterwegs. „Also da muss man sicher was vom Hacken verstehen. Und noch mehr, wenn man dabei nicht erwischt werden soll. Die meisten Unternehmen schützen sich vor solchen Angriffen. Zwar verschleiern die meisten Hacker ihre IP-Adresse, aber eine wirklich gute IT findet trotzdem Wege, die rauszukriegen. Und dann kann das gehackte Unternehmen Strafanzeige stellen. Das wird dann für den Hacker nicht mehr lustig – solange er nicht im Ausland lebt und dort das deutsche Recht eh keine Gültigkeit hat.“ Charlotte nickte. „Meinst du das wäre dann irgendwo verzeichnet, wenn jemand sowas bei einer größeren Firma versucht hätte?“ Ute nickte bestimmt. „Garantiert. Aber wieso fragst du das?“ Charlotte antwortete ausweichend: „Ach, nur so." Sie wollte Ute nicht sagen, dass sie nicht über die laufenden Ermittlungen sprechen durfte. Sie kam sich blöd dabei vor und wollte Ute nicht das Gefühl vermitteln, ausgeschlossen zu sein. Aber Ute fuhr unbekümmert fort. „Sag' mal, ist es denn wieder dieser Kommissar... Jackowesch, mit dem du jetzt arbeitest?", fragte sie neugierig und ein sensationslüsterner Unterton schwang mit. „Jankovich heißt er", sagte Charlotte so emotionslos wie möglich und rollte die Augen. „Und wir arbeiten nicht grade romantisch verklärt Seite an Seite. Da sind noch jede Menge anderer Kollegen von ihm dabei, wie zum Beispiel der Herr Specht ", sagte sie. Ute machte einen etwas enttäuschten Eindruck. Offenbar hatte sie auf andere Infos gehofft. „Naja, dann geh' ich am besten mal wieder. Danke für deinen Input zum Thema Hacken", sagte Charlotte und zwang sich zu einem Lächeln. Dann stieß sie sich von Utes Tisch ab. Dabei warf Charlotte einen Blick auf die Fotos von Utes Kinden, die sie liebevoll neben ihrem Bildschirm drapiert hatte. „Dann grüß' mal deinen Nachwuchs von mir", sagte sie zum Abschied und lief zurück an ihren Platz.

Jankovich saß zur selben Zeit ebenfalls an seinem Schreibtisch und beugte sich gemeinsam mit Specht über die vorläufige Analyse des blonden Haares, das an der Kleidung des erhängten Konstantin Brechnows gefunden worden war. „Eindeutig weiblich", las Specht. „Gut", seufzte Jankovich. „Dann bitte ich Frau Bienert mal hierher. Susanne Bienert", ergänzte er, als Specht ihn mit fragend hochgezogener Augenbraue ansah. „Kümmerst du dich um Ulrike Sandner? Laut Susanne Bienert hat sie ebenfalls blonde Locken." Specht schnaubte. „Ja schön wär's ja erst mal, wenn die Frau Psychologin aus der Reha sich melden würde. Aber ich sage dir, wenn die sich bis heute Nachmittag nicht gemeldet hat, gondel' ich persönlich zu ihr in diese Klinik!" Schnaubend verließ Specht Jankovichs Büro. Kopfschüttelnd griff Jankovich zum Hörer und rief beim Zoo an. Nachdem er sich dort bis zu Sanne durchgefragt hatte, hörte er ihre Stimme in der Leitung. „Ja, was gibt's denn?" Ihre Stimme klang beinahe wie die von Charlotte, stellte er fest. Jankovich zögerte. „Ich... müsste Sie bitten, hierher ins Präsidium zu kommen. Wir würden jetzt gerne eine Speichelprobe von Ihnen nehmen." Sanne schwieg. Dann fragte sie: „Muss das sein?" Jankovich antwortete: „Nein. Aber angesichts des Abschiedsbriefes würden Sie sich ziemlich verdächtig machen, wenn Sie die Probenentnahme verweigern. Tut mir leid", schob er nach. Sanne seufzte, dann sagte sie. „In Ordnung, ich komme in der Mittagspause vorbei." „Danke", sagte Jankovich und legte auf, nachdem er ihr noch Anweisungen gegeben hatte, wie sie sich an der Pforte melden sollte.

Kapitel 14

Just nachdem er aufgelegt hatte, klingelte Jankovichs Handy. Er zog es hervor und sah, dass Charlotte Bienert anrief. Konnten sich die Schwestern so schnell ausgetauscht haben? Das war eigentlich unmöglich. Irritiert nahm er das Gespräch an: „Ja?" Er hatte sich nicht mit vollem Namen gemeldet, bemerkte Jankovich. Charlotte verzichtete ebenfalls darauf, sich vorzustellen: „Ähm ja, hallo, ich wollte mal fragen... gibt es schon was Neues? Kann ich irgendwas tun?" Jankovich sagte zögernd: „Ich... habe grade Ihre Schwester gebeten, vorbeizukommen. Für eine Probe. Das Haar... war definitiv weiblich." Charlotte schwieg und Jankovich fuhr in die Stille fort. „Es macht keinen Sinn, wenn Sie dabei sind. Ich... schlage vor, ich melde mich, wenn Ihre Schwester fertig ist." Dann kam ihm eine Idee. Irgendwie musste ihre Zusammenarbeit ja Gestalt annehmen, und er hatte das Gefühl, sie aufheitern zu müssen. „Hätten Sie denn heute Nachmittag Zeit für einen Ausflug? So ab 14 Uhr?" Irritiert antwortete Charlotte: „Ausflug? Ja... schätze schon. Wo ginge es denn hin?" Jankovich dachte an Spechts Ankündigung. „In die Reha. Dort hält sich zurzeit Ulrike Sandner auf." Charlottes Stimme war die Verblüffung über die Einladung anzuhören. „Ok... warum nicht." Er wollte das Gespräch schon beenden, als Charlotte ihn unterbrach: „Noch was anderes. Wenn dieser Brechnow wirklich ein Hacker war und eine Firewall geknackt hat, dann müsste doch die Firma oder wo auch immer er das versucht hat, Aufzeichnungen darüber haben. Also zumindest, dass sie gehackt wurden, wenn schon nicht von wem. Dieser Tierpfleger... Holger Licht war das doch, meine ich. Den müsste man nochmal fragen, ob er sich noch erinnert, was das für eine Firma war." Jankovich nickte, was Charlotte jedoch nicht sehen konnte. „Gut, machen Sie das doch. Fragen Sie ihn." Charlotte widersprach. „Der Mann hat sich doch über mich beschwert, Sie erinnern sich? Ich glaube kaum, dass er mit mir sprechen wird." Jankovich überlegte. „Rufen Sie ihn an und spielen Sie mit offenen Karten. Sagen Sie ihm, dass Sie jetzt mit mir zusammenarbeiten und ich Sie damit beauftragt habe, ihn zu befragen. Falls er dann immer noch abblockt, rufe ich ihn an."

Obwohl Charlotte durch die Ankündigung, dass Sanne nun doch eine DNA-Probe abgeben musste, beunruhigt war, war sie froh, eine Beschäftigung zu haben. Auch wenn Sie den Anruf beim Tierpfleger eher fürchtete. Diesmal blieb sie jedoch im Büro mit Sebastian sitzen, schließlich durfte sie jetzt ja offiziell Informationen einholen. Sie atmete tief durch und wählte wieder die erste Telefonnummer auf der Liste, die sie noch von Sanne hatte. Nach einigem Klingeln hob jemand ab. Es war eine Frau, die sich meldete. „Sonja Licht?" Charlotte spulte in ihrem professionellsten Tonfall die zuvor einstudierte Begrüßung herunter. „Ja guten Tag, ich rufe im Auftrag von Kriminalhauptkommissar Paul Jankovich an. Es geht um den Todesfall in der *Wilhelma*. Ich muss nochmal eine Information überprüfen. Dürfte ich dazu mit Ihrem Mann sprechen?" Die Frau wirkte irritiert, sie stammelte ein wenig und rief dann schließlich doch nach ihrem Mann. Dieser kam nach einigen Augenblicken an den Hörer. „Ja, Licht?" Charlotte schloss die Augen und kreuzte die Finger. „Ähm, ja hallo

Herr Licht, wir haben ja schon einmal miteinander gesprochen...", weiter kam sie nicht, denn der Mann am anderen Ende erkannte sie sofort. „Sie sind doch diese Journalistin! Sagen Sie mal, haben Sie sie noch alle? Das kann doch jetzt echt nicht wahr sein! Dass Sie sich trauen, mich nochmal anzurufen!" Charlotte nahm all ihren Mut zusammen und fuhr dem aufgebrachten Mann über den Mund. „Herr Licht, bitte, hören Sie mir einen Augenblick zu. Ich habe Sie diesmal angerufen, weil ich im Auftrag der Polizei ermittle." Der Tierpfleger lachte höhnisch in den Hörer. „Ja klar, verarschen kann ich mich alleine." Wieder entgegnete ihm Charlotte: „Es ist die Wahrheit, Kriminalhauptkommissar Paul Jankovich hat mich damit beauftragt. Er hat doch auch mit Ihnen gesprochen." Nun machte Charlotte eine Pause und wartete auf die Reaktion des anderen. Diesmal erwiderte der Mann eher zögerlich: „Ja, also... Jankovich... das war schon der Polizist, der bei mir angerufen hat." Doch ehe er einlenkte, fragte der Tierpfleger mit erneut zornigem Tonfall: „Aber warum haben Sie das erste Mal bei mir angerufen? Da wussten Sie doch bestimmt schon, dass der Konstantin tot ist!" Charlotte seufzte und entschied sich für die Wahrheit. „Ja, das wusste ich. Weil meine Schwester die Leiche gefunden hat. Sanne Bienert. Sie pflegt die Gorillas." Ein Geräusch des Verstehens bahnte sich durch die Leitung. „Ach so... ja, stimmt ja, die Sanne Bienert... also, das ist natürlich...", dann räusperte er sich. Offenbar schien ihm diese Begründung logisch genug, um Charlottes ersten Anruf zu rechtfertigen. „Sie sagen, dieser Kommissar hat Sie berechtigt, mich anzurufen? Was wollen Sie denn jetzt wissen?", fragte er in versöhnlichem Tonfall. Dankbar begann Charlotte: „Sie haben mir gegenüber doch erzählt, dass Konstantin Brechnow technisch so versiert war, dass er eine Firewall geknackt habe.“ Der Mann machte ein bestätigendes Mhm-Geräusch. „Wissen Sie zufällig noch, was das für eine Firewall war?“ Der Tierpfleger schien ernsthaft zu überlegen, denn für einige Sekunden herrschte Stille in der Leitung. Dann hob er an: „Hm... also... er hat jetzt nicht direkt damit geprahlt. Aber mich hat’s natürlich interessiert, deswegen hab’ ich schon versucht, ihm da ein bisschen was aus der Nase zu ziehen. Warten Sie mal... also, den Namen weiß ich leider nicht mehr. Aber es war was mit... Handyhüllen. Ja doch...“, jetzt schien es ihm wieder einzufallen. „Das war eine Firma, die Hüllen für iPhones und Samsungs vertreibt. Irgend so ein Großhändler glaub‘ ich. Ist wohl jede Menge Kohle drin. Und die sitzen glaub‘ auch hier in BaWü, zumindest hat der Konstantin das damals so gesagt.“ Charlotte wartete noch einige Augenblicke, ob der Mann ihr noch weitere Informationen geben konnte. Doch es blieb still in der Leitung. „In Ordnung, vielen Dank, Herr Licht. Das hilft mir weiter. Ich schau‘ mal, ob ich dazu was herausfinde. Und danke, dass Sie mit mir geredet haben“, sagte sie und verabschiedete sich vom Tierpfleger. Charlotte atmete einmal tief durch und lehnte sich in ihrem Stuhl zurück. Sebastian feixte von hinten: „Nana, bald kriegst du ja noch ‘ne Uniform, oder wie?“ Charlotte schloss genervt die Augen. Das war ja klar, dass er ihr die Zusammenarbeit mit der Polizei missgönnte. Doch dann durchzuckte Charlotte ein Gedanke: Warum sollte Sebastian ihr nicht einmal von Nutzen sein? „Sag mal, du hast doch alle zwei Woche ein neues Handy.“ Sebastian rollte mit den Augen, zog dann aber wie zum Beweis das neueste iPhone-Modell aus der Hosentasche. Es steckte in einer Schutzhülle und Charlotte streckte die Hand nach dem Handy aus. „Darf ich mal?“ Sebastian tat empört. „Was? Willst du meine Liebesmails checken? Das geht dich aber nichts an! Deine Chance hast du verschenkt, Mädchen.“ Sofort zog Charlotte die Augenbrauen hoch und Ärger loderte in ihr auf. Doch statt ihn anzufahren entschloss sie sich auch ihm gegenüber für Ehrlichkeit: „Hör‘ mal, das war damals alles andere als ein harmloser Spaß, zumindest für mich. Und das weißt du auch. Aber... wir müssen ja die nächsten Jahre trotzdem in diesem Büro zusammen arbeiten. Also schlage ich einen Waffenstillstand vor. Und, wenn du mir jetzt kurz dein Handy gibst, dann hilfst du mir vielleicht bei dem aktuellen Mordfall.“ Sebastian betrachtete sie eingehend. Schließlich schien er sich zu einer Reaktion durchgerungen zu haben. Wortlos reichte er Charlotte sein Handy. „Danke“, sagte sie knapp und warf einen Blick auf den Firmennamen, der in die Schutzhülle eingeprägt war. „Ist das ein großer Hersteller?“ Sie selbst hatte keine Schutzhülle um ihr Handy. „Ja, der größte, soweit ich weiß. Zumindest sind ¾ vom *Mediamarkt*-Regal mit den Hüllen zugepflastert.“ Anerkennend nickte Charlotte und reichte ihm sein iPhone zurück. „Besten Dank. Das hilft mir tatsächlich.“ Widerwillig verzog Sebastian den Mund zu einem Lächeln, dann steckte er sein Handy lässig wieder in die Hosentasche und wandte sich seinem PC zu. Auch Charlotte drehte sich an ihren Rechner zurück. Sie rief die Google-Suche auf und tippte den Namen des Handyhüllenherstellers zusammen mit dem Begriff „Großhändler BaWü“ ein. Nach Sekundenbruchteilen erschien die Suchergebnisliste und Charlotte klickte auf den obersten Link. Die nüchtern aufgemachte Homepage machte gleich klar, dass es hier weniger um Publikumsverkehr als vielmehr um reine Information ging: Welche Kunden der Händler mit welchen Waren belieferte. Statt sich durch die Bleiwüste zu lesen, beschloss Charlotte sich auf die elementarsten Informationen zu beschränken. Sie suchte als erstes den Link zum Impressum. Anschließend rief sie die „Über uns"-Seite auf. Dort fiel ihr Blick auf einen Schriftzug am seitlichen Rand. „Nachruf" stand dort. Interessiert klickte Charlotte darauf und eine Unterseite baute sich auf, auf der lediglich ein dreizeiliger Text hinterlegt war. Über dem Text befand sich ein großes, in schwarz-weiß gehaltenes Bild eines Mannes in mittleren Jahren. Er sah gut aus, fand Charlotte, auch wenn Anzeichen von Ermüdung und Leiden in seinen Zügen erkennbar waren. Er sah mit ausdrucksstarken Augen direkt in die Kamera, so dass der Betrachter den Eindruck gewann, der Mann sehe einen direkt an. Charlotte konnte die Farbe der Augen aufgrund der Schwarz-Weiß-Fotografie nicht erkennen, aber sie tippte aufgrund der Helligkeit auf blau. Sie las sich den Nachruf unter dem Foto durch, und augenblicklich stellten sich ihr die feinen Härchen auf den Unterarmen auf. Dort stand: „Rudolph Sandner. Unser von allen geschätzter und respektierter Firmengründer ist kürzlich und unerwartet nach schwerer Erkrankung von uns gegangen. Er wird uns und der Firma fehlen – seine Leidenschaft und Hingabe und der sichere Blick für wirtschaftliche Zusammenhänge haben ihn zu einem besonderen und erfolgreichen Menschen gemacht." Rudolph Sandner. Es konnte doch kein Zufall sein, dass dieser Mann denselben Namen trug wie Ulrike Sandner, die Frau, nach der Konstantin Brechnow angeblich so verrückt gewesen war?

Kapitel 15

Charlotte überlegte, ob sie mit dieser Neuigkeit sofort bei Jankovich anrufen sollte. Andererseits wollten sie an diesem Nachmittag ohnehin gemeinsam zur Rehaklinik fahren, in der Ulrike Sandner sich aufhielt. Dann konnte sie es ihm genauso gut persönlich sagen. Sie packte ihre Tasche und wollte schon zur Tür raus, als ihr Chef Richling ihr entgegenkam. „Soso, Madame weilt mal ausnahmsweise im Redaktionsgebäude. Was gibt's denn Neues?" Ein neugieriges Leuchten trat in seine Augen, doch Charlotte kanzelte ihn ab: „Ich hab' jetzt leider keine Zeit. Du weißt doch, Mordermittlung und so. Ich fahr' jetzt erst mal in die Reha, danach melde ich mich." Und schon hatte sie die Tür hinter sich zugeschlagen. „In die Reha?", rief Richling ihr nach. „Für wie lange denn? Und brauchst du dafür nicht eine Krankschreibung?"

Als Charlotte an der Pforte des Präsidiums eintraf, grinste der Pförtner. Er winkte freundlich und sagte: „Ihre Schwester ist auch schon hier. Wenn Ihre Eltern auch noch kommen, haben wir bald den Ruf eines Familienzentrums." Charlotte lächelte höflich, gleichzeitig überkam sie ein unangenehmes Gefühl bei dem Gedanken, dass Sanne gerade ein staubtrockenes Wattestäbchen in den Mund geschoben wurde. Da Charlotte jedoch nicht wusste, wo im Gebäude das passieren würde, machte sie sich auf den direkten Weg zu Jankovichs Büro. Sie klopfte und trat nach einem kurzen „Ja" ein. Sie öffnete die Tür, umrundete den Fikus und sah... Sanne am Tisch sitzen. Offenbar war ihr Gespräch mit Jankovich kurz vor dem Ende, denn Jankovich sagte: „Ich habe Ihrer Schwester grade erklärt, wie das weitere Prozedere abläuft. Wenn ihre Probe nicht mit der an Brechnows Kleidung übereinstimmt, wird die DNA spätestens nach Abschluss der Ermittlungen vollständig vernichtet. Ich danke Ihnen, dass Sie hier waren“, sagte er an Sanne gerichtet. Diese nickte knapp und stand auf, berührte Charlotte kurz am Arm und sagte: „Ich geh wieder zurück in die *Wilhelma.* Wir sehen uns heute Abend.“ Mit einem beklemmenden Gefühl im Bauch sah Charlotte ihrer Schwester nach. Als Charlotte den Blick auf Jankovich richtete, konnte sie sehen, dass er wiederum sie beobachtete. Sie konnte einen mitleidigen Ausdruck in seinem Gesicht erkennen. Wie ertappt warf er schnell einen Blick auf seine Armbanduhr und fragte: „Aber es ist doch erst kurz nach 13:00 Uhr. Habe ich nicht 14 Uhr gesagt?“ Charlotte schob die trüben Gedanken wegen Sanne zur Seite und sagte eifrig: „Ja, aber ich hab’ was erfahren!“ Dann setzte sie sich zu Jankovich an den Tisch. Charlotte erzählte, was sie über die Firma, die Brechnow gehackt hatte, herausgefunden hatte. Und dass der verstorbene Firmengründer höchstwahrscheinlich Ulrike Sandners Vater war. Jankovich machte ein anerkennendes Pfeif-Geräusch. Das hatte Charlotte bisher noch nie bei ihm erlebt. Sie freute sich, dass er es angesichts ihrer Information tat. Jankovich sagte: „Ulrike Sandner wird immer interessanter. Kommen Sie, verschwenden wir keine Zeit, je früher wir mit ihr sprechen, desto besser.“ Er griff nach seinem Telefonapparat und zwei Sekunden später sagte er: „Hubert, pack‘ deine Sachen, wir fahren gleich los.“ Ein wenig enttäuscht, dass sie nicht mit Jankovich alleine fahren würde, erhob sich Charlotte von ihrem

Stuhl. „Aber auf die Toilette darf ich vorher schon noch?", fragte sie. Jankovich fiel jetzt auf, dass sie heute kleiner wirkte als gestern. Er blickte kurz auf ihre flachen Ballerinas, lächelte schief und sagte: „Natürlich. Den Flur runter, dritte Tür rechts."

Während der folgenden Autofahrt sprachen die beiden Kommissare und Charlotte nur wenig. Offenbar waren die Männer in ihre eigenen Gedanken vertieft und Charlotte wollte sie ungern in ihrer Konzentration stören. Dennoch war sie unruhig und wechselte häufig die Sitzposition oder kratzte sich nervös. Charlotte saß auf der Rückbank hinter Jankovich, Specht steuerte den Wagen. Hin und wieder warf Charlotte einen verstohlenen Blick an der Kopfstütze des Beifahrersitzes vorbei. Da Jankovich seine Lederjacke ausgezogen und zu ihr auf die Rückbank gelegt hatte, hatte sie freie Sicht auf seinen Nacken. Dort kräuselten sich die dunkelblonden Haare an den Spitzen. Zudem stieg ihr regelmäßig der Duft seines Aftershaves in die Nase. Charlotte ertappte sich bei dem Gedanken, wie sehr sie diesen Geruch mittlerweile mochte.

Als sie schließlich gegen vier Uhr nachmittags auf dem gepflasterten Parkplatz der Rehaklinik anhielten, fühlte Charlotte, wie ihre Nervosität wieder anstieg. Würden Sie jetzt endlich der ominösen Ulrike Sandner gegenüberstehen? Sie stieg als Erste aus dem Wagen, gefolgt von Jankovich, der sich seine Jacke vom Rücksitz holte und wieder überzog. Specht schloss den Wagen ab und gemeinsam steuerten sie auf den von einer Grünfläche gesäumten Eingang des riesigen Komplexes zu. ‚Angesichts der Tatsache, dass das hier ein Reha-Zentrum ist, wirkt der Klotz doch reichlich trostlos', dachte Charlotte. Entschlossen ging Specht voraus, schritt durch die sich öffnenden Glasschiebetüren und hielt direkt auf den hölzernen Empfangstresen zu. Hinter dem Tresen war ein kaum volljährig wirkendes Mädchen, das die drei Neuankömmlinge unsicher betrachtete. Specht holte mit einem schnellen Griff seinen Ausweis hervor und hielt ihn der jungen Frau unter die Nase. „Guten Tag, Kommissar Specht mein Name. Ich hätte gerne dringend mit Frau Sandner gesprochen. Ulrike Sandner." Das Mädchen starrte ihn aus großen Augen an. Charlotte und Jankovich waren zwei Schritte hinter Specht stehengeblieben. Nach ein paar Sekunden, die Specht die Empfangsdame erwartungsvoll und etwas bedrohlich angesehen hatte, begann sie zu stammeln: „Äh ja, tut mir leid, ich weiß nicht ob das so einfach geht. Ich... ich muss mal telefonieren." Und mit zitternden Fingern griff sie nach einem Telefonhörer unterhalb des Tresens. „Ja hallo, Frau Doktor Grünspecht, es tut mir leid, Sie zu stören, aber hier ist ein Herr ... von der Polizei. Er möchte dringend mit einer Ulrike Sandner reden." Sofort wurde sie unterbrochen und hörte angestrengt auf das, was sie von ihrer Gesprächspartnerin erfuhr. Dann legte sie auf und ein Ausdruck der Erleichterung lag auf ihrem Gesicht. „Sie kommt gleich. Ich darf Sie bitten, solange kurz zu warten." Specht drehte sich um und tauschte einen vielsagenden Blick mit Jankovich. ‚Na endlich', schien er sagen zu wollen. Jankovich zog beinahe amüsiert die Augenbrauen hoch. Doch als ein paar Minuten später eine Frau um die Ecke bog und aufgeregt auf die kleine Gruppe zustöckelte, erkannte Jankovich sofort, dass das nicht Ulrike Sandner war. Diese

Frau war hochgewachsen und brünett, und nicht klein, moppelig und blond, wie Sanne Ulrike Sandner beschrieben hatte. Die Miene der Frau zeigte einen leicht überheblichen Ausdruck. Ruckartig schnellte ihre Hand nach vorne. „Dr. Grünspecht, guten Tag. Ich bin die stationäre Psychologin hier." Specht lenkte die Aufmerksamkeit auf sich und sagte: „Ja guten Tag, Specht. Wir haben schon telefoniert, wenn Sie sich vielleicht erinnern." Offenbar schüchterte ihn die imposante Präsenz der Frau nicht ein. „Wir müssen dringend mit Ihrer Patientin Ulrike Sander sprechen. Am besten gleich." Dr. Grünspecht seufzte theatralisch. Dann sagte sie: „Also gut, kommen Sie mit in mein Büro. Ich suche erst mal die Akte raus, bevor wir zu ihr gehen. Ich hatte die letzten drei Wochen Urlaub und ein Kollege hat meine Patienten solange übernommen." Mit diesen Worten machte sie auf dem Absatz kehrt und stöckelte wieder in die Richtung, aus der sie gekommen war. Die beiden Kommissare und Charlotte folgten ihr. Die Psychologin schritt energisch in ein Zimmer, hielt den anderen die Tür auf und ließ sie in einen geschmackvollen, aber sparsam eingerichteten Raum eintreten. Am Zimmerende gegenüber der Tür stand ein gläserner Schreibtisch, hinter dem ein modern anmutender Schreibtischstuhl war. An der Wand hinter dem Schreibtisch war ein verschließbarer, grauer Aktenschank angebracht, dessen offene Schiebetüren Einblick auf einen Großteil der Ordner freigab. Vor dem Tisch standen zwei Stühle, und an der linken Seite des Raumes befanden sich eine Couch und ein kleiner Stuhl davor. „Bitte, setzen Sie sich. Ich habe leider nur zwei Stühle." Jankovich bedeutete Charlotte, sich zu setzen, er selber blieb hinter ihrem Stuhl stehen. Specht nahm auf dem anderen Stuhl Platz und alle beobachteten, wie die brünette Frau sich zu dem Aktenschrank umdrehte. „Also, wie war der Name nochmal?“, fragte sie über die Schulter. „Sandner, Ulrike Sandner“, sagte Specht ungeduldig. Die Psychologin ließ ihre rotlackierten Finger über die Akten mit dem Anfangsbuchstaben ‚S‘ gleiten und zog schließlich den passenden Ordner hervor. Sie setzte sich damit an den Tisch und begann, in dem Ordner zu blättern. Als sie die passende Akte gefunden hatte, löste sie sie aus dem Ordner heraus. ‚Merkwürdig, die sieht so leer aus‘, dachte Charlotte. Und tatsächlich befand sich lediglich ein Notizzettel in der gelben Mappe, den die Psychologin nun herausholte. Ihre zuvor überhebliche Miene nahm einen ungläubigen Ausdruck an. Eine steile Falte bildete sich zwischen ihren Augenbrauen. „Was ist los?“, fragte Specht alarmiert. „Tja, also, das ist merkwürdig. Frau Sandner hätte eigentlich vor drei Wochen hier ankommen sollen. Deswegen war auch schon die Akte angelegt. Aber offenbar ist sie nie hier eingetroffen.“

Kapitel 16

„Das kann doch nicht wahr sein“, wütete Specht. Er saß jetzt auf dem Beifahrersitz und Jankovich hatte sich für die Rückfahrt hinters Steuer gesetzt. Charlotte saß wieder auf der Rückbank, diesmal hinter Specht, und seine Mischung aus Schweiß und Zigarettengeruch roch bei Weitem nicht so gut wie Jankovichs Aftershave, wie sie feststellen musste. Specht hatte noch eine Zigarette geraucht, bevor sie sich wieder ins Auto gesetzt hatten. „Ehrlich, wie kann das sein, dass sowas dann auch nicht der Krankenkasse rückgemeldet wird? Die zahlen doch auch nicht zum Spaß die Kurgelder und keiner nimmt sie dann in Anspruch! Wenn wir das gewusst hätten, dann hätten wir uns den Weg hierher sparen können!“ Jankovich versuchte, seinen aufgebrachten Kollegen zu beruhigen. In sachlichem Tonfall schlug er vor: „Ruf‘ doch mal bei den Kollegen von der Streife an. Die sollen es nochmal bei Ulrike Sandner in der Wohnung probieren, vielleicht ist sie ja doch zuhause und hat aus irgendeinem Grund die Kur sausen lassen.“ Direkt nachdem der Zoodirektor Robertin von Ulrike Sandner erzählt hatte, hatte Jankovich eine Streife zu ihr nach Hause geschickt. Allerdings hatte sich niemand gewundert, als sie die Tür nicht geöffnet hatte, da Ulrike Sandner ja in der Kur vermutet worden war. Brummend zog Specht nun sein Handy hervor und bat in der Zentrale darum, nochmal eine Streife zu Ulrike Sandners Wohnung zu schicken. Mittlerweile bedienten sich viele Polizisten im Einsatz lieber ihrer Diensthandys als den Funk zu benutzen, da dieser relativ einfach abgehört werden konnte. Keine 15 Minuten später erhielt Specht den Rückruf der Streifenpolizisten und er stellte seinen Apparat auf laut. Charlotte hörte eine Frau mit nüchterner Stimme erzählen: „Uns hat wieder keiner aufgemacht. Wir haben trotzdem mal durch die Fenster geschaut. Die Wohnung sah soweit aber recht leer und verlassen aus. Zumindest nach dem, was wir erkennen konnten. Wir haben auch kurz mit den Nachbarn gesprochen. Die meinten aber bloß, dass die Frau Sandner schon seit Wochen nicht mehr im Haus gesehen wurde. Mehr kann ich Ihnen leider auch nicht sagen.“ Specht erwiderte frustriert: „In Ordnung, danke. Dann wissen wir Bescheid. Wiederhören.“ Er legte auf. „Ok, das ist merkwürdig“, gab Jankovich zu. „Jetzt müssen wir wirklich herausfinden, wo sie steckt.“ Charlotte hatte bislang schweigend auf der Rückbank gesessen, doch jetzt drängte sich ihr ein Gedanke auf. Sie beugte sich nach vorne, um sich zwischen die beiden Vordersitze zu schieben. „Mal gesponnen: Ulrike Sandner erbt nach allem, was wir wissen, alleine das Vermögen ihres verstorbenen Vaters. Es ist soviel, dass sie mit dem Geld bis ans Lebensende versorgt ist. Aber... sie will nichts davon an den Staat verlieren, Stichwort Erbschaftssteuer, und sich auch niemandem gegenüber rechtfertigen, wie viel Geld es ist und was sie damit macht. Sie... setzt sich damit ab. Wohin, keine Ahnung.“ Sie kam dieser Frage der beiden Kommissare zuvor. „Sie hat auch keine Lust, pflichtgemäß zu kündigen, und sieht in der Reha eine Ausrede, die ihr ein bisschen Zeit verschafft, in der sie sich absetzen kann.“ Als keiner der beiden Männer reagierte, verstummte Charlotte. Auf einmal kamen ihr ihre Worte albern vor und sie ließ sich wieder in ihren Sitz zurückgleiten. Doch Jankovich pflichtete ihr bei: „Ja, dass sie sich abgesetzt hat, ist tatsächlich eine Möglichkeit. Ob alles andere Ihrer Theorie auch stimmt, weiß ich noch nicht“, er warf einen Blick in den Rückspiegel und erwiderte Charlottes Blick. „Aber der nächste Schritt ist sicherlich, den Nachlassverwalter zu kontaktieren. Wie viel Ulrike Sandner tatsächlich geerbt hat. Und wir müssen prüfen, ob sie tatsächlich die Alleinerbin ist.“ Charlotte erwiderte: „Naja, Sanne hat doch gesagt, dass Ulrike ihr damals im Umkleideraum gesagt hat, sie hätte sonst niemanden mehr. Also schon sehr wahrscheinlich, dass sie alles bekommt.“ Jetzt klinkte sich Specht ein: „Ich finde es schon schwer vorstellbar, dass jemand, der bislang als Tierpfleger gearbeitet hat, angesichts einer hohen Erbschaft so abgekocht reagiert und sich absetzen will, ohne irgendwen in Kenntnis zu setzen. Mal abgesehen davon, dass es ganz schön schwer ist, als Otto-Normal-Bürger ohne Spuren zu verschwinden. Und wir sollten herausfinden, warum Konstantin Brechnow ausgerechnet die Firma von Ulrike Sandners Vater gehackt hat.“ Jankovich wandte ein: „Vielleicht hat er das ja im Auftrag von jemandem gemacht. Mal gesponnen“, er griff lächelnd Charlottes Formulierung auf, „Ulrike Sandner selbst hat ihn gebeten, die Firma ihres Vaters auszukundschaften. Vielleicht wollte sie mit seiner Hilfe an bestimmte Informationen gelangen.“ „Tja, nur welche?“, warf Specht ein. Jankovich zuckte mit den Achseln. Die nächsten Minuten verbrachten alle die Weiterfahrt schweigend, als Charlotte plötzlich eine andere Idee kam. „Vielleicht... ist er Ulrike Sandner gefährlich geworden? Brechnow hat ihr mit dem Hacken einen Gefallen getan, und als er von ihr eine Gegenleistung will, vielleicht spätestens als er erfährt, wie viel Geld sie bekommt, wird er für sie zur Belastung... und sie bringt ihn um, bevor sie sich absetzt? Und schiebt es dann Sanne in die Schuhe?“ Im letzten Satz schwang unüberhörbar Hoffnung mit, und Specht und Jankovich mussten beide lächeln. Specht sagte: „Das ist alles möglich. Wir müssen Ulrike Sandner jetzt erst mal ausfindig machen und schauen, was die Obduktion, die Analysen vom Rechner und... der Speichelprobe Ihrer Schwester morgen ergeben. Dann wissen wir weiter.“

Gegen 18:30 Uhr setzte Jankovich Charlotte vor ihrer Haustür ab. Draußen war es immer noch schwülwarm, doch die ersten Gewitterwolken formierten sich am Himmel. Charlotte stieg aus und zupfte sich ihren grünen Overall zurecht, bevor sie sich über die geöffnete Hintertür in den Wagen beugte, um sich von den beiden Kommissaren zu verabschieden. „Also... wir sehen uns morgen?“ „Ich melde mich“, nickte Jankovich und Specht winkte kurz zum Abschied. Dann schlug Charlotte die Türe zu und lief zur Haustür, während sie in ihrer Umhängetasche nach dem Schlüssel kramte. Hinter sich hörte sie Jankovichs Wagen anfahren. Charlotte schloss die Türe auf und lief träge die zwei Stockwerke zu ihrer Wohnung hoch. Obwohl sie die meiste Zeit in einem klimatisierten Wagen verbracht hatte, wünschte sie sich jetzt nichts sehnlicher als eine lauwarme Dusche. Aber sie würde noch schnell joggen gehen, bevor das Gewitter ausbrach. Immerhin war es dank der aufziehenden Wolken nicht mehr so heiß. Charlotte lief gerne ihre Runden, kurz bevor ein Gewitter losging. Die Natur hatte dann ihre ganz eigene, aufgewühlte Atmosphäre, und sie genoss es, bei diesem Wetter zu laufen. Und bisher hatte Charlotte es immer spätestens mit den ersten Tropfen wieder nach Hause geschafft. Nach dem heutigen Tag gab es für sie nichts Besseres, um den Kopf freizukriegen.

Als sie eine halbe Stunde später erneut die Wohnungstür aufschloss, begann es draußen zu donnern und die Wolken hatten den Himmel weiter verdüstert. Sanne und Christoph waren in der Zwischenzeit auch nach Hause gekommen und Sanne stand in der Küche, wo sie einen großen gemischten Salat anmachte. Aus dem Ofen drang der herrliche Duft von Knoblauch-Baguettes. Christoph hatte sich in ihr gemeinsames Schlafzimmer zurückgezogen. „Und, was gibt's Neues? Ist mein Kopf schon aus der Schlinge?", fragte Sanne fröhlich in den Flur, wo Charlotte sich gerade die Turnschuhe abstreifte. Charlotte fand den Spruch alles andere als lustig und fragte sich, wie Sanne so unbefangen mit dem Thema umgehen konnte. ‚Also ich würde wahrscheinlich Nägel kauend unter der Bettdecke liegen und unverdünnt Baldrian in mich hineinschütten', dachte sie. Charlotte lief in die Küche, trank zunächst eine halbe Sprudelflasche leer und sagte dann: „Sagen wir es so: Heute hat sich eine neue Hauptverdächtige auf den Plan gebracht. Aber mal ehrlich, du und ich, wir wissen, dass du es nicht warst, also brauchen wir uns doch keine Sorgen zu machen." Sanne warf einen kritischen Blick zu ihrer Schwester. „Die Frage ist hier bloß, ob mir nicht irgendwer noch weitere Spuren unterjubelt." Nachdenklich fragte Charlotte: „Ist mir echt ein Rätsel, wieso überhaupt dieser Abschiedsbrief an dich existiert. Kannst du dir nicht irgendwen vorstellen, der es auf dich abgesehen haben könnte?" Sanne verzog den Mund und schüttelte den

Kopf, während sie drei kleinere Schüsseln aus dem Küchenschrank holte. „Nein, wirklich nicht. Ich habe mit niemandem Beef, zumindest nicht so, dass mir jemand ernsthaft einen Mord anhängen wöllte." Charlotte warf einen Blick auf die Salatschüsseln und zupfte an ihren verschwitzten Sportklamotten. „Ich geh erst noch schnell duschen, dann komm' ich essen." Und mit diesen Worten verschwand sie im Bad.

Als sie gegen 21 Uhr auf dem Bett ausgestreckt dalag und die Ereignisse des Tages Revue passieren ließ, klingelte das Festnetztelefon. Die Tür zu Charlottes Zimmer öffnete sich und Sanne hielt ihrer Schwester den Apparat hin. „Max ist dran", sagte sie kurz, bevor sie den Raum wieder verließ. Charlotte hielt sich den Hörer ans Ohr. „Hi du, na, wie geht's?" Max erwiderte hitzig: „Ach, wie's mir geht ist doch wurscht. Ist doch viel wichtiger, wie es dir geht. Besser gesagt, euch. Was ist denn nun mit Sanne? Ist sie immer noch verdächtig?" Charlotte fühlte sich unwohl. Sie wusste, dass sie eigentlich nichts über laufende Ermittlungen ausplaudern durfte. Andererseits brannte sie darauf, mit ihrem besten Freund genau die Dinge durchzukauen, die sie momentan belasteten. Also versuchte sie Max mit so wenig Details wie möglich von ihren aktuellen Schwierigkeiten zu erzählen. „Aber hör' mal, du darfst das alles wirklich unter keinen Umständen weiter erzählen. Niemandem, hörst du?", fragte Charlotte eindringlich. Verschwörerisch erwiderte Max: „Natürlich, was denkst du denn? Als ob ich dich noch einmal in diesem Leben in Gefahr bringen möchte."

Kapitel 17

Am frühen Donnerstagmorgen saß Jankovich an seinem Rechner und las auf dem Monitor: ‚Viktor Urbanov, Nachlasspfleger ‘. Der Kommissar hatte die Homepage des Juristen aufgerufen, nachdem er vom Nachlassgericht erfahren hatte, dass das Erbe von Rudolph Sandner von diesem Nachlasspfleger verwaltet wurde. Jankovich wählte nun die auf der Homepage angegebene Telefonnummer. Nach einem kurzen Klingeln ertönte die gebrechliche, rauchige Stimme eines Mannes: „Guten Tag, Sie sprechen mit Viktor Urbanov?“ Jankovich stellte sich höflich vor und sagte: „Ich interessiere mich für den Nachlass von Rudolph Sandner. Ich bräuchte dazu einige Angaben. Zum Beispiel über die Höhe des Erbes.“ Viktor Urbanov sagte reserviert: „Ich kann Ihnen nicht so ohne Weiteres weiterhelfen. Ich bräuchte dazu eine richterliche Anordnung.“ Jankovich seufzte. Er kannte das Spielchen. Gut, dass er noch gestern Abend beim Staatsanwalt um einen solchen Beschluss gebeten hatte, nachdem sie aus der Rehaklinik zurückgekommen waren. „Das ist kein Problem. Ich komme gerne mit dem Beschluss persönlich vorbei. Wann würde es Ihnen denn passen?“ Der Notar schien sich nicht daran zu stören, dass sein Einwand auf keinen Widerspruch gestoßen war. Stattdessen blätterte er, den Geräuschen nach, in einem Terminkalender. „Gegen 10:00 Uhr habe ich Zeit. Dann könnte ich für Sie einen Termin reservieren“, sagte er sachlich. „Gut“, willigte Jankovich freundlich ein. „Dann sehen wir uns später.“ Er verabschiedete sich und legte auf. Kurz darauf klopfte es an seiner Tür. „Herein“, rief Jankovich und im nächsten Augenblick steckte Hubert Specht den Kopf durch den Türspalt. „Also ich hab' Frau Sandner jetzt mal zur Fahndung ausgeschrieben. Was macht die Erbschaftsfrage?" Jankovich erwiderte: „Ab 10 Uhr bin ich schlauer. Kommst du mit zum Nachlasspfleger?" Specht schüttelte den Kopf. „Ne, fahr' du mal mit deiner Frau Bienert hin, ich geh' lieber zur Kriminaltechnik und geh' denen auf die Nerven, wann die endlich die Testergebnisse von der Haaranalyse und dem Rechner haben." Jankovich ging ohne Kommentar über „deine Frau Bienert" hinweg. Stattdessen fragte er: „Was macht die Obduktion?" Nun erschien Spechts Körper vollständig in Jankovichs Büro und er zog die Tür hinter sich zu. Er hatte einen roten Pappordner in der Hand und wedelte damit, während er mit schnellen Schritten zu Jankovichs Schreibtisch lief. Nachdem er sich Jankovich gegenüber hingesetzt hatte, schlug Specht den Ordner auf und begann: „Also, ich beschränke mich mal auf die Zusammenfassung. Das Opfer wurde zunächst mit einem gasförmigen Narkosemittel betäubt. Spuren des Narkosemittels wurden im Blut gefunden sowie Stofffasern in der Nase des Toten. Ansonsten zeigt der Körper keinerlei Abwehrspuren, auch unter den Nägeln haben die Kollegen nichts gefunden, was vom Täter stammen könnte. Nach dem Betäuben wurde das Opfer erhängt. Tod trat durch Asphyxiation ein, für die Intellektuellen unter uns." Specht schlug den Ordner wieder zu. „Armes Schwein, hatte keine Chance. Ich frage mich nur, warum das Ganze als offensichtlich schlecht nachgemachter Selbstmord getarnt wurde. Warum der viel zu kleine Schemel? Wäre der nicht gewesen, hätte man doch nie eine Obduktion durchgeführt, weil man kein Fremdverschulden vermutet hätte.

Das macht doch echt nur Sinn, wenn man das jemandem in die Schuhe schieben will." Jankovich hatte die Arme verschränkt, seine Augenbrauen zusammengezogen und sich in seinem Stuhl zurückgelehnt. „Gute Frage. Aber was anderes: Meinst du, das schafft eine Frau überhaupt? Jemanden so hochzuhieven, noch dazu einen gut 80 Kilo schweren Mann?" Specht machte ein nachdenkliches Gesicht. „Ich weiß es nicht. Einfach ist es sicher nicht. Aber theoretisch... eine... sagen wir mal... Tierpflegerin, die täglich hart anpackt, schafft es vielleicht." Jankovich seufzte. Dann fragte er: „Und sonstige Spuren an der Leiche? Außer dem Haar meine ich?" Dann schien ihm etwas an seiner letzten Frage aufzufallen. „Ein einzelnes Haar ist ohnehin schon seltsam. Wenn wir es mal durchspielen: Unser Täter", er tauschte einen Blick mit Specht, „oder Täterin hat den Mann betäubt, in der Schubkarre transportiert und aufgehängt. Da müssten doch dann noch mehr Spuren an ihm sein, oder? Oder gab es noch irgendwelche anderen Spuren in der Futterküche, die mit dem Mord zusammenhängen könnten?" Specht schüttelte den Kopf. „Die Ergebnisse haben wir noch nicht, sollten aber in den nächsten Stunden kommen. Wie gesagt, ich nerv' gleich mal die lieben Kollegen." Jankovich nickte. Dann holte er sein Handy hervor und schrieb Charlotte eine SMS mit der Adresse des Nachlasspflegers und fragte, ob sie sich gegen 10 Uhr mit ihm dort treffen wolle. Innerhalb von fünf Minuten erhielt er ihre Antwort: „Ja gut, treffen wir uns dort. Bis später."

Als Jankovich kurz vor 10 Uhr an der Straße vor dem Büro des Nachlasspflegers parkte, sah er Charlotte bereits auf dem Gehweg vor dem alten, steinernen Gebäude warten. Nach dem Gewitter des Vorabends hatte sich die Luft etwas abgekühlt, allerdings war sie bereits wieder auf dem besten Wege, sich aufzuheizen. Heute trug Charlotte einen brav anmutenden Rock mit Blumenmuster sowie eine kurze weiße Bluse ohne Ärmel dazu. Ihre Haare hatte sie zu einem lockeren Pferdeschwanz hochgebunden. Jankovich lächelte angesichts ihres beinahe gerichtstauglichen Outfits und begrüßte sie, als er sie erreicht hatte. Sie sah ihn nervös an: „Ist Sannes Probe schon ausgewertet?“, fragte sie ihn. Er schüttelte den Kopf und hob eine Hand an ihren Rücken, um ihr zu bedeuten, sich in Bewegung zu setzen. Sie folgte seiner Geste und Jankovich zog die Tür auf. Während sie die schwere Eingangstür des Gebäudes durchschritten, erklärte Jankovich: „Nach unserem Gespräch hier rufe ich Specht nochmal an, bis dahin sollte die Auswertung da sein. Aber jetzt schlagen Sie sich das bitte aus dem Kopf, das wird schon alles gutgehen.“ Während beide die steinerne Treppe in den 3. Stock hochliefen, überlegte Jankovich, warum er ihr gegenüber einen so optimistischen Tonfall anschlug. Er konnte ja gar nicht wissen, ob wirklich alles gutgehen würde. Er musste sich widerwillig eingestehen, dass er Charlotte offenbar nicht traurig sehen wollte. Sie erreichten schließlich die massive Holztür des Nachlasspflegers im 3. Stock. Auf einem vergoldeten Klingelschild war der Name Viktor Urbanov eingraviert und ein emaillierter Druckknopf bildete die Klingel. Jankovich drückte darauf und Augenblicke später öffnete ihnen ein älterer, hagerer Mann mit silbernem Haarkranz die Tür. Er hielt sich leicht vornübergebeugt und lächelte, als er beide erblickte. „Sie müssen Kommissar Jankovich sein. Mit reizender Begleitung." Der Nachlasspfleger hielt zunächst Charlotte seine Hand zur Begrüßung hin, dann Jankovich. Anschließend bedeutete er beiden, einzutreten. Der Mann lief in gemächlichem Tempo voraus in sein Büro, das am Ende eines karg möblierten Flures lag. Die alten Holzdielen des Flurs gaben dabei bei jedem seiner Schritte ein knarzendes Geräusch von sich. Jankovich und Charlotte folgte ihm und betraten ein Büro, das vor lauter Regalen, Aktenschränken und Bücherkisten aussah wie eine kleine Bibliothek. Hinter einem massiven Holztisch am Raumende nahm der Jurist Platz und machte mit einer einladenden Geste klar, dass seine Besucher sich in die teuren Ledersessel setzen sollten, die vor seinem Tisch standen. Der Kommissar und Charlotte setzten sich und beide sanken tief in die weichen und eingesessenen Ledermöbel. Bevor Jankovich anheben konnte, warum sie hier waren, streckte ihm der Mann seine Hand mit gekrümmten Fingern entgegen. „Die richterliche Bescheinigung, bitte", sagte er bedächtig, aber freundlich. Jankovich griff in die Innenseite seiner Lederjacke und holte einen Briefumschlag heraus, den er Urbanov gab. Dieser ließ sich Zeit, das Schriftstück genau zu studieren. Als er fertig war, legte er es beiseite und schlug den Ordner auf, der direkt vor ihm auf dem Tisch lag. Offenbar war er vorbereitet. Urbanov sagte zu Jankovich: „Sie wissen sicher, dass ich als Nachlasspfleger nur deswegen vom Notariat beauftragt wurde, weil einer der Erben den Nachlass nicht angetreten hat." Charlotte zuckte innerlich zusammen. ‚Nicht angetreten?', dachte sie. Wenn Ulrike Sandner das Erbe gar nicht angetreten hatte, dann war ihre komplette Theorie, warum die Tierpflegerin Brechnow umgebracht haben sollte, zunichte. Keine Millionen, kein Grund, sich abzusetzen. Und kein Grund, unbeliebte Mitwisser aus dem Weg zu räumen. Auch Jankovich schien überrascht. „Nicht angetreten?“, fragte er. Der Nachlasspfleger blieb gelassen. „Ja, Frau Ulrike Sandner wurde vor zwei Wochen über die Eröffnung des Nachlasses verständigt. Seither hat sie sich jedoch noch nicht gemeldet. Solange der Nachlass nicht angenommen wird, bin ich für die Sicherung zuständig.“ Er verschränkte seine gichtgezeichneten Finger ineinander und ließ seine Hände so über dem aufgeschlagenen Ordner ruhen. Jankovich ließ die Information einen Augenblick sacken und hakte dann nach: „Moment, Sie sagten, einer der Erben. Ist Frau Sandner denn nicht die alleinige Erbin?“ Der Jurist warf einen kurzen Blick auf das Papier vor ihm und schüttelte den Kopf. „Nein“, sagte er. „Es gibt noch einen weiteren Erben. Beziehungsweise eine weitere Erbin. Der Verstorbene hatte noch eine Tochter. Allerdings außerehelich.“ ‚Aber sie hat doch zu Sanne gesagt, sie habe niemanden‘, überlegte Charlotte und tauschte einen verwirrten Blick mit Jankovich. Dieser hob eine Hand, um ihr zu bedeuten, jetzt nichts zu sagen. Er richtete sich wieder an Urbanov. „Wer ist die zweite Erbin?“ Urbanov las den Namen vor. „Liliana Brecht. Aber leider hat auch sie das Erbe noch nicht angetreten. Ich bin im Moment noch dabei, sie ausfindig zu machen.“ Jankovich nickte schwach und fragte dann: „Über welche Höhe reden wir hier?“ Der Nachlassverwalter lächelte schmallippig. „1,5 Millionen Euro. Vor Abzug der Erbschaftssteuer.“ Charlotte schluckte. ‚Aber warum hat noch niemand das Geld abgeholt? Noch dazu, wenn es zwei Erbinnen gibt?‘, überlegte sie fieberhaft. Wieder warf sie einen nervösen

Blick zu Jankovich. Doch der Kommissar hatte offenbar keine Fragen mehr an den alten Nachlassverwalter. „Gut, das war's dann erstmal", sagte Jankovich und erhob sich aus dem Sessel. Irritiert folgte Charlotte seinem Beispiel und stand ebenfalls auf. Sie bemerkte nun, dass sie vor Aufregung geschwitzt hatte, denn ihr Rock klebte an der Rückseite ihrer Oberschenkel. So unauffällig wie möglich versuchte sie, ihren Rock wieder von ihrem Körper zu zupfen. Jankovich überreichte Urbanov seine Karte und sagte: „Sobald eine der beiden Damen bei Ihnen das Erbe in Anspruch nimmt, geben Sie mir bitte umgehend Bescheid." Sein Gegenüber nickte freundlich und sagte: „Bitte sehen Sie es mir nach, dass ich Sie nicht zur Tür begleite." Jankovich erwiderte ebenso freundlich: „Das ist kein Problem. Vielen Dank für Ihre Zeit und auf Wiedersehen." Er nickte Charlotte zu, um das Signal für den Aufbruch zu setzen. Gemeinsam verließen sie das Büro. Nachdem sie den knarzenden Flur wieder durchquert hatten, zog Jankovich die schwere Eingangstür hinter ihnen beiden zu. Im kühlen Flur holte Charlotte schon Luft, um sich laut über das eben Erfahrene zu wundern. Doch Jankovich ergriff sanft ihren Arm und zog sie mit sich zur Treppe, während er leise sagte: „Nicht hier drin, hier ist es sehr hellhörig." Mühsam beherrscht lief Charlotte stumm neben Jankovich die Treppenstufen wieder hinunter. Als sie vor dem Gebäude auf die Straße traten, steuerte Jankovich direkt auf seinen Wagen zu und zog sich beim Laufen bereits seine Jacke aus. Während er sie auf den Rücksitz warf, klingelte sein Handy. Charlotte war ihm zum Wagen gefolgt und blieb an der Beifahrertür stehen. Sie schirmte ihre Augen mit der Hand gegen die Sonne ab und sah zu ihm hinüber.

Jankovich ging ans Telefon. „Ja“, sagte er knapp, während er einen Arm auf dem Autodach abstützte. Und während er zuhörte, versteinerte sich sein Ausdruck und Charlotte sah, wie er ihr einen flüchtigen Blick zuwarf. In diesem Augenblick beschlich sie ein ungutes Gefühl und sie spürte, wie Übelkeit in ihr aufstieg. Jankovich legte auf und sagte an Charlotte gewandt: „Setzen Sie sich in den Wagen.“ ‚Oh Gott‘, dachte Charlotte. Aber sie tat, worum er sie gebeten hatte. Der Kommissar setzte sich ebenfalls ins Auto. Allerdings steckte er den Zündschlüssel noch nicht ein. Offenbar wollte er den Moment der Wahrheit noch etwas hinauszögern. Dann atmete er tief ein und drehte sich zu ihr: „Das wird Ihnen leider nicht gefallen. Die Probe Ihrer Schwester stimmt mit dem Haar an Brechnow überein.“ Er machte eine Pause und wartete, bis Charlotte begriffen hatte, was das bedeutete. Dann sprach er weiter. „Sie wird grade... abgeholt.“ Charlotte sah ihn aus aufgerissenen Augen an. „Sie meinen, sie wird verhaftet?“ Jankovich schüttelte den Kopf, doch ein bedauernder Ausdruck lag in seinen Augen. „Nein, wir möchten jetzt erst mal mit ihr reden. Das ist alles. Aber dieses Ergebnis spricht leider gegen sie.“ Ruckartig wandte Charlotte den Blick ab. Sie wollte jetzt nicht anfangen zu heulen. Nach einigen Augenblicken des Schweigens fragte Jankovich: „Soll ich Sie zur Redaktion zurück fahren?“ Mit belegter Stimme antwortete Charlotte: „Nein. Nein, nehmen Sie mich mit zum Präsidium. Wir müssen noch weiter ermitteln. Ich muss beweisen, dass sie es nicht war.“ Charlotte vermied es, den Kommissar anzusehen. Doch er widersprach nicht, sondern ließ den Wagen an und fuhr los. Charlotte versuchte, zu verstehen, was soeben passiert war. Sannes Haar an der

Leiche. ‚Was ist, wenn sie deswegen tatsächlich verurteilt werden wird?‘ Das war so unwirklich, das konnte einfach nicht wahr sein. Das Brennen in ihren Augen wurde stärker und Charlotte spürte einen dicken Kloß im Hals. ‚Nein, nein, nein, verdammt, reiß‘ dich zusammen‘, schalt sie sich wütend. Sie wollte nicht vor anderen weinen. Und ganz besonders nicht vor dem Kommissar. Doch auch wenn sie jetzt verzweifelt versuchte, die Tränen zurückzuhalten, kroch ihr ein Schluchzen den Hals empor. Sie schlug sich eine Hand vor den Mund, um nicht laut aufzuschluchzen und ließ die Hand an ihrem Gesicht, um die Tränen abzuwischen, die ihr jetzt doch die Wangen herunterliefen. Plötzlich bemerkte sie, wie der Wagen langsamer wurde und rechts heranfuhr. Jankovich hatte den Blinker gesetzt und den Wagen in eine seitliche Parkbucht gelenkt. Dann schaltete er den Motor ab. Sanft sagte er: „Hey, das... das kriegen wir schon wieder hin. Machen Sie sich keine Sorgen. Wenn Sanne es nicht war“, hob er an. „Natürlich war sie es nicht“, wütend drehte sich Charlotte zu ihm um und sah ihm direkt ins Gesicht. Jetzt war es ohnehin zu spät und ihr war egal, dass er sie beim Heulen sah. Jankovich sah sie mit einem sanften Ausdruck in den Augen an und fuhr unbeirrt mit seinem Satz fort. „Wenn Sie es nicht war, dann kann ich das beweisen. Dann können wir das beweisen“, ergänzte er in der Hoffnung, sie damit aufzuheitern. Charlotte sah ihn durch ihre tränenverschleierten Augen an und bemerkte, dass sie dringend ein Taschentuch brauchte. Sie zog die Nase hoch und begann, in ihrer Umhängetasche zu wühlen, doch Jankovichs Hand mit einem frischen Taschentuch schob sich in ihre verschwommene Sicht. „Danke“, nuschelte sie, als sie es annahm. Dann putzte sie sich geräuschvoll die Nase und wischte sich die Tränen ab. Dabei versuchte sie, ihre Wimperntusche nicht komplett zu verwischen. Jankovich fuhr in seinem tröstenden Tonfall fort. „Wir reden ja jetzt erst einmal mit ihr. Vielleicht lässt sich alles gut erklären, und sie kann danach wieder zurück zur Arbeit. Das wäre nicht das erste Mal.“ Jankovich blickte sie immer noch an und ein Lächeln erschien in seinen Augen, das sich bis zu seinen Lippen ausbreitete. „Sehen Sie’s mal so, das Ganze hat echt Potenzial für eine gute Story bei der Hochzeit. ‚Die Braut, die fast im Knast war.‘“ Wider Willen musste Charlotte lächeln und Jankovich ließ wieder den Motor an. „Kopf hoch, mal sehen, welche Spuren die Auswertung sonst noch erbracht hat – außer dem Haar.“

Kapitel 18

Als sie vor dem Präsidium anhielten, sah Charlotte sich um, als erwarte sie, irgendwo Sanne in Handschellen herumlaufen zu sehen. „Sie wird jetzt schon im Vernehmungsraum sein“, sagte Jankovich, als er ihren Blick bemerkte. „Gehen wir jetzt gleich dorthin?“, fragte Charlotte, halb ängstlich, halb erwartungsvoll. Jankovich zog die Augenbrauen zusammen. „Ich weiß wirklich nicht, ob Sie dieses Mal auch dabei sein sollten.“ Bei ihrem letzten Mordfall hatte Charlotte vom Nachbarzimmer aus über einen venezianischen Spiegel das Verhör einer Verdächtigen mitverfolgt. „Ich bin keine Polizistin, also gilt für mich diese Befangenheits... kiste nicht.“ Charlotte fiel in diesem Augenblick nicht der richtige Begriff ein, aber es war ihr auch egal. Jankovich musterte sie, wie um einzuschätzen, ob sie psychisch dazu in der Verfassung war. Dann sagte er: „Gut, aber Sie bleiben nebenan. Sie kommen nicht ins Zimmer gestürmt, egal was Sie bei der Vernehmung mitbekommen.“ Dann wandte er sich zum Eingang des Gebäudes. Während er lief, sagte er über die Schulter. „Jetzt müssen wir uns ohnehin erst noch die restlichen Auswertungen ansehen. Kommen Sie.“ Als sie im Flur zu Jankovichs Büro angekommen waren, klopfte er an der Tür des Nachbarzimmers. „Herein“, sagte Specht, und als er Charlotte hinter Jankovich stehen sah, fragte er ungehalten: „Äh, ernsthaft? Ihre Schwester sitzt da unten!“ Jankovich sagte ruhig, während sie eintraten: „Frau Bienert hält sich zurück. Wir wollen ja lediglich mit Sanne Bienert sprechen. Lass‘ uns doch erst mal die anderen Ergebnisse durchgehen. Also... was hast du noch?“ Doch Spechts Unmut über

Charlottes Anwesenheit wuchs. Er wandte sich an Charlotte: „Ich denke wirklich, dass wir das nicht vor Ihnen besprechen sollten.“ Charlotte fühlte erneut Unruhe in sich aufsteigen. Gleichzeitig spürte sie den Drang, jetzt erst recht alles wissen zu wollen, was die Polizisten Sanne zur Last legen konnten. „Nein“, widersprach sie. „Ich weiß, dass sie es nicht war. Sie kann es gar nicht gewesen sein. In der Nacht auf Montag war sie doch zuhause und hat geschlafen.“ „Sie könnte sich rausgeschlichen haben“, erwiderte Specht schnell. Jankovich verdrehte die Augen angesichts der Gefühllosigkeit seines Kollegen und sagte: „Ich schlage vor, wir gehen jetzt nüchtern und sachlich die Analyseergebnisse durch. Setzen Sie sich“, damit blickte er zu Charlotte und deutete auf den Stuhl, der neben Spechts chaotischem Tisch stand. Widerwillig nahm Charlotte Platz, während Jankovich sich an Spechts Schreibtisch lehnte und die Arme verschränkte. Specht zog missmutig einen gelben Pappordner von seinem Tisch und rollte einige Zentimeter auf seinem Bürostuhl zurück, um beide ansehen zu können. Dann schlug er den Ordner auf. „Also, was die Haaranalyse angeht, sind wir ja alle auf dem neuesten Stand. Die Futterküche ist wohl tatsächlich auch der Tatort, da das Opfer hier erhängt wurde. An einer der Kisten, die in der Ecke lagen, hat die KT auch Spuren von Brechnow gefunden. Es ist also anzunehmen, dass diese Kiste noch auf dem Hocker unter ihm stand. Da das Opfer aber betäubt war, müssen wir annehmen, dass ein starker Mensch mitsamt Brechnow irgendwie auf Hocker und Kiste gestiegen ist und dann seinen Kopf durch die bereits befestigte Schlinge gesteckt hat. Dann muss der Täter wieder runtergestiegen sein und die Kiste unter dem Opfer weggetreten oder -gezogen haben, um... naja, um das Ersticken einzuleiten." Er warf einen missmutigen Blick zu Charlotte. „Weiter", sagte Jankovich unbeirrt, und Specht vertiefte sich wieder in den Ordner. „Ansonsten ist die Futterküche natürlich voll mit Spuren von Tieren und Menschen, da ist es schwer, eine Spur konkret dem Täter zuzuordnen. Am Seil waren außer den Spuren von Brechnow keine weiteren Spuren. Der Täter oder die Täterin muss also Handschuhe getragen haben." Specht blickte kurz auf und sah Jankovich ins Gesicht, bevor er den Blick wieder auf das Papier vor sich richtete. „Eine Auffälligkeit: An seinem Abschiedsbrief waren nur Sanne Bienerts Fingerabdrücke. Also auch keine vom Toten selbst. Zusammen mit dem Haar von Susanne Bienert an Brechnows Kleidung... naja, ich lass' das mal so stehen." Specht blätterte um. „Kommen wir zu den Ergebnissen des Rechners." Wieder warf er einen unbehaglichen Blick zu Charlotte, dann zu seinem Kollegen. Ohne etwas zu sagen bedeutete Jankovich mit einer Handbewegung, er solle fortfahren. Specht tat es widerwillig. „Naja, also... es wurden einige Suchverläufe gelöscht. Und... von dem angeblichen Hack auf den Handyhüllen-Großhändler ist zumindest auf diesem Rechner nichts zu finden. Allerdings war das Opfer technisch durchaus versiert, verschiedene Trojaner und..." Specht überflog den Abschnitt, „naja, ums kurz zu machen, er hat andere Seiten gehackt, aber ausgerechnet die Firma von Ulrike Sandners Vater nicht. Da muss sich dieser Tierpfleger also geirrt haben. Die andere Möglichkeit ist, dass Brechnow alles von diesem einen Angriff unwiederbringlich gelöscht hat. Allerdings stell' ich mir die Frage, warum er nur diese Spuren löschen sollte. Von Ulrike

Sandner gab es im Übrigen auch keinerlei Spuren, keine Bilder, keine Mails, kein gar nichts. Dafür aber...", Specht stockte kurz, „Emails von Susanne Bienert." Charlotte hatte das Gefühl eine unsichtbare Kraft würde sie tiefer in den Stuhl drücken. Ihr wurde schwindelig. „Was?", entfuhr es ihr. „Das... das kann nicht sein! Sie kannte ihn doch kaum! Was sollen das denn für Mails sein?", fuhr sie entsetzt fort. Jetzt legte Jankovich ihr eine Hand auf die Schulter, und Charlotte verstummte. „Was waren das für Mails?", fragte er seinen Kollegen in deutlich ruhigerem Tonfall. Specht atmete hörbar aus und las dann weiter vor. „Eindeutig Liebesnachrichten, dem Textlaut nach. Ich les' jetzt aber mal keine vor." Er hielt stattdessen Jankovich den Ordner hin, und dieser griff danach und las die oberste Nachricht, die er auf der aufgeschlagenen Seite fand.

„Liebster Konstantin,

ich verzehre mich nach dir. Du bist mein Ein und Alles und ich verspreche dir, ich werde Christoph bald verlassen. Für dich. Ich möchte mit dir zusammen sein. Sonst ergibt mein Leben keinen Sinn mehr.

Deine dich liebende Sanne"

Jankovich zog die Augenbrauen hoch und reichte Specht den Ordner zurück. Auch er atmete tief durch und sagte zu Specht. „Ok, das müssen wir klären. Wir gehen jetzt runter und sprechen mit ihr." Er drehte sich zu Charlotte um. Sie saß fassungslos auf dem Stuhl und schüttelte den Kopf. „Frau Bienert", sagte Jankovich sanft. „Wenn Sie möchten, lasse ich Sie in die Redaktion zurückfahren. Nach dem, was wir grade erfahren haben, muss ich mich meinem Kollegen anschließen. Ich denke nicht, dass Sie das Gespräch verfolgen sollten.“ Charlotte schüttelte heftiger den Kopf. „Nein, auf keinen Fall, ich will das mithören!“ Ihr standen wieder Tränen in den Augen, doch sie hielt sie tapfer zurück. Jankovich musterte sie. Offenbar schien er abzuwägen, ob er ihr das zumuten konnte. Doch dann nickte er langsam, sah dann zu Specht und sagte: „Gut, wenn Sie unbedingt möchten, dann gehen wir jetzt runter.“

Kapitel 19

Als die drei vor dem Verhörraum angekommen waren, warf Charlotte einen bangen Blick auf die Tür, hinter der jetzt ihre Schwester saß. „Darf ich noch mal mit ihr reden?“, fragte sie und sah Jankovich flehend an. Dieser zögerte, aber Specht ergriff an seiner Stelle das Wort. „Nein, tut mir leid. Gehen Sie bitte ins Zimmer nebenan, und bleiben Sie dort, bis ich oder mein Kollege Sie dort abholen.“ Enttäuscht nickte Charlotte und drehte sich in Richtung der benachbarten Tür. Dahinter befand sich der Raum mit dem venezianischen Spiegel. Jankovich tippte ihr beim Weggehen kurz tröstend auf die Schulter. Dann betrat er mit Specht den Verhörraum. Charlotte drückte mit klopfendem Herzen die andere Tür auf und lief hinein. Drinnen stellte sie sich an die verspiegelte Glasfront an der Wand, die in den Nebenraum zeigte. Als Charlotte Sanne in dem Verhörzimmer sitzen sah, wurde sie unbändig traurig. Ihre Schwester trug ihre übliche Arbeitskleidung: Braune Shorts mit diversen aufgenähten Taschen und ein dunkelgrünes T-Shirt mit dem *Wilhelma*-Elefanten über der Brust. Heute hatte Sanne ihre wilden Locken zu einem Pferdeschwanz zusammengebunden. Sie war ohne Anwalt gekommen. ‚Woher sollten wir auch einen Anwalt zaubern?‘, dachte Charlotte verbittert. Die beiden Kommissare nickten Sanne freundlich, aber ernst zu und nahmen ihr gegenüber Platz. Um mitzuhören, betätigte Charlotte den Knopf für die Hörverbindung neben dem Glasspiegel.

Jankovich begann das Gespräch, indem er zunächst fragte, ob Sie keinen Anwalt hinzuziehen wolle. Sanne verneinte.

„Ich bin ja nicht schuldig, also brauche ich auch keinen Anwalt." ‚Das haben schon viele vor dir gesagt', dachte Jankovich. Dann sagte er, dass das Gespräch aufgezeichnet würde und fragte Sannes Personalien ab. Nachdem sie diese Angaben gemacht hatte, erläuterte Jankovich, dass man ihr Haar an der Kleidung des Opfers gefunden habe. Sanne schüttelte den Kopf. „Ja, aber mein Gott, Haare gehen nun mal aus. Ich verliere jeden Tag Haare, das muss doch nichts bedeuten. Oder ich saß vielleicht bei der letzten Mitarbeiterversammlung neben Konstantin. Ich weiß es nicht mehr genau. Grad im Zoo geht's schon mal ruppiger zu. Ich kann schließlich nicht immer darauf achten, dass meine Haare perfekt sitzen." Jankovich nickte. „An sich schon. Aber es wurden keine weiteren Spuren anderer Personen an ihm festgestellt. Und Sie haben beide nicht dieselben Zuständigkeiten im Zoo. Das macht es schon merkwürdig, dass ausgerechnet Ihr Haar an seiner Kleidung haften geblieben ist." Sanne schnaubte. „Dann hat es vielleicht jemand dort deponiert! Wahrscheinlich dieselbe Person, die auch den gefakten Abschiedsbrief von mir bei ihm hinterlassen hat. Und dieser Jemand hat das Haar dann halt mal in der Umkleide oder sonst wo aufgesammelt, wo ich es verloren habe." Jankovich wog diese Theorie ab. Dann fragte er: „Können Sie sich denn vorstellen, wer Ihnen so etwas anhängen sollte? Haben Sie Feinde?" Vehement schüttelte Sanne den Kopf. „Nein, nicht dass ich wüsste. Das ist ja das Komische an der Sache. Aber ich war es definitiv nicht. Ich hatte einfach keinen Grund, ihn zu töten." Specht blätterte in dem gelben Ordner, den er vorhin vor Jankovich und Charlotte durchgegangen war. Jetzt sagte er: „Uns liegt eine Auswertung des Rechners von Konstantin Brechnow vor. Darin wurden Emails von Ihnen gefunden, die Sie an ihn geschrieben haben." Sannes Augenbrauen zogen sich zusammen und sie wollte bereits widersprechen, doch Specht fuhr fort. „Liebes-Emails, um genau zu sein." Sanne konnte sich ein bitteres Lachen nicht verkneifen. „Wie bitte? Liebes-Emails? Sie wissen schon, dass ich seit Kurzem verlobt bin und meine Hochzeit mit einem anderen Mann plane?" Unbeeindruckt blätterte Specht zu der Stelle im Ordner, in dem die Ausdrucke der Mails abgeheftet waren. Dann las er denselben Inhalt vor, den er zuvor Jankovich gezeigt hatte. „Liebster Konstantin, ...".

Im Nebenraum hörte jetzt auch Charlotte die Worte, die Sanne angeblich geschrieben hatte. ‚Nie im Leben hätte sie so etwas geschrieben', dachte sie aufgewühlt. ‚Aber wer zum Teufel hat es dann geschrieben?' Charlotte fühlte sich rat- und machtlos. Sie hatte Schwierigkeiten, ihre Gedanken wieder auf die Vernehmung im Zimmer vor sich zu konzentrieren. Sanne schüttelte erneut den Kopf, nachdem Specht fertig vorgelesen hatte. „Im Leben nicht. So schwülstig schreibe ich nicht mal, wenn ich stockbesoffen bin und Christoph kurz davor wäre, mich zu verlassen. Also ehrlich, das müssen Sie mir glauben." Nun ergriff wieder Jankovich das Wort. „Wie erklären Sie sich die Tatsache, dass diese Mails von Ihrer IP-Adresse verschickt worden sind?" Sanne fuhr sich mit beiden Händen über die Wangen, dann ließ sie die Hände wieder in ihren Schoß fallen und sagte: „Keine Ahnung, wirklich nicht. Aber das ist doch lächerlich. Der Konstantin hat mich kaum mit dem Arsch angeschaut und mir war er ehrlich gesagt auch herzlich egal." Jankovich musste ein Grinsen unterdrücken. ‚Wie zwei Schwestern so unterschiedlich sein können', dachte er. Dann wurde Sanne nachdenklich, sie ließ sich in ihrem Stuhl zurückfallen und überlegte laut, als wäre sie sich nicht bewusst, dass sie in einem Vernehmungsraum war und ihr zwei Kommissare gegenüber saßen. „Wie zur Hölle hat jemand von meinem Rechner aus was verschickt...?" Jankovich beobachtete sie und ihm kam ein Gedanke. „Hatten Sie nicht neulich noch Besuch? Sie haben doch was von einer Verlobungsparty erzählt... Hatte dieser Besuch vielleicht auch Zugang zu Ihrem PC?" Sanne zog nachdenklich die Stirn in Falten. „Ja, naja... zu der Feier sind schon ein paar Leute gekommen. Die war ja letzten Sonntag. Aber... das ist doch verrückt, das waren alles Freunde und Arbeitskollegen von uns. Keiner von denen hat was gegen mich! Außerdem hab' ich nicht mitbekommen, dass irgendjemand sich in mein Zimmer geschlichen hätte. Und ich hab' ein Passwort am Rechner, ganz unbedarft bin ich ja nicht. Mein Verlobter ist schließlich ITler."

In diesem Augenblick begann der Spiegel zu vibrieren: Charlotte klopfte vom anderen Zimmer aus vehement an die Scheibe. Jankovich tauschte einen überraschten Blick mit Specht, sagte schnell fürs Protokoll, dass die Vernehmung unterbrochen werde und verließ den Raum. Specht blieb bei Sanne im Zimmer sitzen. Als Jankovich die Türklinke zum Nebenraum herunterdrückte, stand Charlotte bereits mit einem glühenden Ausdruck im Gesicht bei der Tür. „Frau Bienert", fuhr Jankovich sie streng an, doch sie griff nach seinem Arm, um ihn zum Schweigen zu bringen.

Aufgeregt sagte sie: „Da war jemand in Sannes Zimmer bei der Party. Ich hab' es gesehen. Christoph kam aus dem Raum, gemeinsam mit einem Arbeitskollegen." Sie brach ab und überlegte kurz, dabei wandte sie das Gesicht in Richtung Boden, ließ aber Jankovichs Arm nicht los. Jankovich ließ es zu und unterbrach sie nicht. Dann fiel es Charlotte wieder ein. Sie riss das Gesicht hoch und sah ihm direkt in die Augen. „Toni. Der Mann hieß Toni. Und er hatte einen Laptop unterm Arm." Einen Augenblick erwiderte Jankovich ihren Blick, ohne etwas zu sagen. Dann sah er auf ihre Hand herab, die immer noch seinen Arm umklammerte. Jetzt bemerkte es auch Charlotte und sie ließ abrupt seinen Arm los. Plötzlich wirkte sie verlegen. „Ok", sagte Jankovich und nickte. Dann drehte er sich zur Tür, um wieder nach nebenan zu gehen. Als er bereits im Flur stand, sagte er mit der Klinke in der Hand in Charlottes Richtung: „Dann möchte ich in jedem Fall auch noch mit Ihrem Schwager in spe sprechen."

In diesem Augenblick hörten sie Christophs Stimme. „Das können Sie jetzt gleich tun", sagte Christoph und kam ihnen im Flur entgegen. Verblüfft trat Charlotte ebenfalls aus dem Raum und sah ihren baldigen Schwager an, der mit einem verärgerten Gesichtsausdruck auf sie zulief. Christoph nickte ihr kurz zu und blieb dann vor Jankovich stehen. Er fragte den Kommissar unfreundlich: „Wo ist meine Verlobte?" Jankovich verbarg seine Überraschung gekonnt und blieb freundlich. Er streckte Christoph zunächst seine Hand entgegen und stellte sich vor. „Guten Tag, mein Name ist Kriminalhauptkommissar Jankovich. Das trifft sich sehr gut, dass Sie hier sind. Darf ich fragen, was Sie hierher verschlagen hat?“ Christoph schnaubte und sagte: „Na, raten Sie mal. Sanne hat mich sofort angerufen, nachdem Ihre Kollegen Sie in der *Wilhelma* abgeholt haben.“ Jankovich nickte wieder, dann bat er Christoph darum, kurz zu warten. Jankovich verschwand im Vernehmungsraum und blieb einige Augenblicke dort. Als sich die Tür wieder öffnete, kam Jankovich gefolgt von Specht und Sanne aus dem Zimmer. Sanne fiel ihrem Christoph um den Hals, sobald sie ihn erblickte. „Oh Christoph, ich versteh‘ das alles nicht!“, sagte sie und vergrub ihr Gesicht an seiner Schulter. Christoph schloss die Arme um seine Verlobte und strich ihr über die Locken. Dabei sagte er sanft: „Ich bin ja da, mein Schatz, alles wird gut.“ Und mit Christophs Worten schien von Sanne eine Last abzufallen. Obwohl sie im Vernehmungsraum noch stark gewirkt hatte, zeigte sich jetzt, wie sehr ihr die Situation in Wirklichkeit zugesetzt hatte. „Oh Christoph, es ist so verrückt, jetzt soll ich ihm schon Emails geschrieben haben.“ Jankovich unterbrach Sanne. „Bitte Frau Bienert, wir möchten uns jetzt zunächst mit Ihrem Verlobten unterhalten. Danach können Sie sich gerne austauschen. Wenn Sie dazu bitte hier warten würden. Wir Übrigen gehen jetzt erst einmal zu mir ins Büro.“ Jankovich deutete, an Sanne gewandt, auf eine Sitzreihe aus Plastikstühlen, die mit der Lehne an die Wand geschraubt waren. „Setzen Sie sich am besten kurz hier hin.“ Dann sah er Christoph an und sagte: „Und Sie kommen bitte mit uns.“ Charlotte stand unschlüssig im Flur. Sie war von den sich überschlagenden Ereignissen etwas überfordert und warf einen hilflosen Blick zu Jankovich. Dieser fing ihren Blick auf und sagte: „Kommen Sie bitte auch mit.“ Charlotte nickte, drückte jedoch zunächst Sanne an sich und flüsterte ihr ins Ohr: „Alles wird gut, wirklich, ich sorge dafür, dass alles wieder in Ordnung kommt." Sanne erwiderte die Umarmung und setzte sich, nachdem sie sich losgelassen hatten, ermattet auf einen der Plastikstühle.

Gemeinsam liefen die beiden Kommissare mit Christoph und Charlotte die Stufen in den 3. Stock hoch und steuerten Jankovichs Büro an. Als er die Tür geöffnet hatte, nahm Jankovich hinter seinem Schreibtisch Platz, deutete auf einen von zwei Stühlen vor seinem Tisch und sagte zu Christoph: „Bitte, setzen Sie sich." Den zweiten Stuhl bot er Charlotte an, die sich nervös neben Christoph setzte. Da Christoph vor Anspannung geradezu vibrierte, fand Charlotte es schlauer, ihn nicht zu fixieren. Stattdessen ließ sie ihren Blick über Jankovichs aufgeräumten Schreibtisch schweifen und bemerkte erneut den Bilderrahmen, der neben dem Monitor stand. Diesen Bilderrahmen hatte sie bereits im vergangenen Mai auf seinem Schreibtisch gesehen, allerdings konnte sie nicht erkennen, welches Bild im Rahmen steckte. Specht lief um den Tisch herum und stellte sich hinter Jankovich, von wo aus er die Situation beobachtete. „Ihr vollständiger Name?", fragte Jankovich den Neuankömmling. „Christoph Seiler", erwiderte dieser angespannt. Jankovich fuhr in gesprächigem Ton fort. „Gut, Herr Seiler, wie ich soeben erfahren habe, haben Sie vergangen Sonntag eine Verlobungsparty in den Räumlichkeiten der Bienerts gefeiert?" Christoph verzog das Gesicht zu einem spöttischen Grinsen. Charlotte kannte ihren künftigen Schwager gar nicht so abweisend. Vermutlich weckte Sannes Behandlung als potenzielle Mörderin ungeahnte Kräfte in ihm. „In den Räumlichkeiten", wiederholte Christoph herablassend. „Ja, das kann man so sagen." Jankovich fuhr unbeirrt fort. „Waren Sie dort kurzzeitig im Zimmer Ihrer Verlobten? Vielleicht noch mit jemand anderem?" Charlotte rutschte unruhig auf ihrem Stuhl herum. Sie fühlte sich wie eine Verräterin, dass sie diese Information an Jankovich weitergegeben hatte. Aber Christoph schien ihr keine Schuld zu geben. Stattdessen überlegte er kurz, dann sagte er zögernd: „Ja... mit dem Toni. Aber was spielt das für eine Rolle?" Jankovich hakte weiter nach: „War dieser Toni auch am Rechner von Sanne?" Widerstrebend nickte Christoph. Dann drehte er sich zu Charlotte und sagte: „Kein Wort zu Sanne, ok?" Charlotte nickte aufgeregt. ‚Oh Gott, was kommt jetzt?', dachte sie. Dann drehte sich Christoph wieder zu den beiden Kommissaren und sagte. „Ja. Toni hat – auf meine Bitte hin übrigens – die Lieblingslieder von Sanne kopiert. Er soll daraus ein Medley mixen. Als Hochzeitsüberraschung für Sanne. Er hat gleich vor Ort an seinem Rechner was gemixt und ein bisschen was anklingen lassen, damit ich mir schon mal ein Bild machen kann. Der DJ soll es dann bei unserer Feier abspielen." Ohne darüber nachzudenken entfuhr Charlotte eine Bemerkung: „Tolle Idee, darüber wird sie sich bestimmt freuen." Dann fiel ihr wieder ein, in welcher Situation sie sich befanden und sie presste die Lippen aufeinander. Jankovich hatte sie kurz angesehen, und ein nachsichtiger Ausdruck lag auf seinem Gesicht. Dann wanderte sein Blick wieder zu Christoph. „War dieser Toni die ganze Zeit mit Ihnen im Zimmer oder haben Sie ihn kurz alleine gelassen?" Christoph zuckte die Schultern. „Keine Ahnung, ich glaube ich bin mal kurz raus, um mir was zu trinken zu holen. Aber das waren wirklich nur ein paar Minuten. Und für Toni leg‘ ich meine Hand ins Feuer.“ Jankovich lehnte sich zurück, wie um die Worte Christophs auf sich wirken zu lassen. Er streckte den Kopf in Richtung Specht nach oben und Charlotte sah, wie sich sein Adamsapfel dabei über dem Hemdkragen hob. Specht übernahm. „Rein theoretisch – auch wenn Sie Toni vertrauen – gäbe es technisch die Möglichkeit, in diesen paar Minuten gefälschte Emails vom Rechner Ihrer Verlobten zu verschicken? Noch dazu, rückdatiert?“ Christoph zog die Augenbrauen zusammen, als würde ihm die Richtung dieses Gespräches gar nicht behagen. Widerwillig räumte er ein: „Klar geht das. Dafür hätte er nur einen Trojaner installieren müssen. Das geht auch in unter einer Minute. Aber wie gesagt: Toni würde das niemals machen. Der ist sowas von grundsolide und integer. Das können Sie auch die Jessy fragen, die ist seit kurzem mit ihm zusammen. Die hat mich auch vorhin hier abgesetzt. Schade, wenn ich das gewusst hätte, hätte ich sie gleich gebeten, hierzubleiben und mit Ihnen zu reden.“ Charlotte sah irritiert drein. „Jessy?“, fragte sie Christoph. „Ja, meine Kollegin. Die war doch auch bei der Verlobungsparty.“ Charlotte nickte langsam. Richtig, das war die rothaarige Frau, die vor ihr im Bad gewesen war. Und die mit einer App reich werden wollte. Aber auf die Idee, dass sie mit diesem Toni zusammen sein sollte, wäre Charlotte nicht gekommen. Verliebt hatten die beiden bei der Party eigentlich nicht gewirkt. Jankovich bat Christoph um den vollen Namen seines Kollegen Toni. Nachdem Christoph ihm diesen gegeben hatte, atmete Jankovich hörbar aus und sagte dann: „Gut, Herr Seiler, dann würde ich vorschlagen, Sie gehen jetzt mit Ihrer Verlobten nach Hause.“ Mit diesen Worten erhob sich Jankovich von seinem Stuhl und hielt Christoph seine Hand hin. Perplex über das schnelle Ende des Gespräches blieb Christoph noch einen Augenblick auf dem Stuhl sitzen. Doch dann erhob er sich und ergriff dankbar die Hand des Kommissars. Dann sah Christoph Charlotte fragend an. „Kommst du mit?“ Charlotte tauschte einen Blick mit Jankovich und sagte dann: „Fahrt ihr nur allein, ich komme dann später nach.“ Christoph nickte und verließ eilig das Büro.

Kapitel 20

Nachdem Christoph das Büro verlassen hatte, erschien auf Charlottes Gesicht erneut ein glühender Ausdruck. Mit kaum verhohlener Erleichterung sagte sie zu den beiden Kommissaren: „Sehen Sie, also hat Sanne die Mails gar nicht geschrieben!“ Jankovich sah sie beinahe belustigt an, wandte dann jedoch ein: „Langsam, langsam, Frau Bienert. Das ist ja noch nicht gesagt. Jetzt müssen wir als nächstes mit diesem Toni sprechen. Und es erklärt immer noch nicht den Abschiedsbrief bei der Leiche. Oder Sannes Haar an der Kleidung des Opfers.“ Charlottes Züge wurden wieder ernst, doch der neue Hoffnungsschimmer gab ihr Aufwind. Sie sagte: „Kann ich bitte doch mal die Mails lesen, die Sanne angeblich geschrieben hat?“ Jankovich erwiderte: „Ich weiß zwar nicht, was das bringen soll, aber...“. Er drehte sich zu Specht um, der ihm wortlos den gelben Pappordner überreichte, in dem alle Auswertungsergebnisse enthalten waren. Dann sagte Specht. „Also ich bin dann mal drüben, wenn ihr mich braucht.“ Jankovichs Kollege umrundete den Schreibtisch, wich dem menschengroßen Fikus in der Zimmermitte aus und verließ den Raum. Mit einem nachdenklichen Ausdruck im Gesicht reichte Jankovich Charlotte den Ordner. „Wollen Sie das wirklich lesen?“ Charlotte nickte eifrig. „Klar, unbedingt.“ Sie schlug den Ordner auf, blätterte angewidert die Seiten mit den Obduktionsergebnissen um und kam schließlich zu der Stelle, an der die Liebes-Emails an Konstantin Brechnow hinterlegt waren. Sie las:

„Liebster Konstantin,

ich verzehre mich nach dir. Du bist mein Ein und Alles und ich verspreche dir, ich werde Christoph bald verlassen. Für dich. Ich möchte mit dir zusammen sein. Sonst ergibt mein Leben keinen Sinn mehr.

Deine dich liebende Sanne“

Sie blätterte kopfschüttelnd weitere abgeheftete Mails durch und wollte gerade beteuern, dass das niemals von Sanne geschrieben worden war, als Jankovichs Telefonapparat klingelte. Der Kommissar griff nach dem Hörer und meldete sich höflich. Ein paar Sekunden lang lauschte er seinem Gesprächspartner, dann unterbrach er ihn und sagte: „Warten Sie bitte, Herr Robertin, ich stelle Sie grade mal auf laut.“ Charlotte überlegte: ‚Robertin... Das war nochmal der Zoodirektor, richtig? Ja, doch, Sanne erzählt ja öfter von ihm.‘ Die Stimme des älteren Herrn drang nun laut durch die Leitung und sein Tonfall brachte Charlotte augenblicklich dazu, ihre Kiefermuskeln anzuspannen. „Ja, hören Sie, ganz merkwürdig. Ich hab’ Ihnen doch neulich die Postkarte geschickt. Die, die Ulrike Sandner aus der Reha geschickt hat.“ In diesem Augenblick schloss Jankovich die Augen. Ein wütender Gedanke schoss ihm durch den Kopf, doch er konzentrierte sich wieder auf das Telefonat. Der Zoodirektor fuhr aufgebracht fort: „Ja, also, ich hab’ dann noch nach weiteren... Karten von Frau Sandner gesucht, und ich hab’ tatsächlich noch eine ältere gefunden. Und... also, das ist merkwürdig... ich meine, ich bin kein Schriftexperte oder sowas, aber die Schriften... die stimmen irgendwie nicht überein!" Über Charlottes gesamten Körper breitete sich prickelnd eine Gänsehaut aus. Sie starrte Jankovich an, und er starrte zurück. Dann wandte er den Blick wieder ab und sagte in mühsam beherrschten Tonfall: „Herr Robertin, könnten Sie mir bitte beide Postkarten abfotografieren oder einscannen und sofort an meine Email-Adresse schicken? Ich würde dann auch noch einen Kollegen vorbeischicken, der die Karten direkt von Ihnen abholt. Aber es wäre uns eine große Hilfe, wenn wir sie gleich zu sehen bekommen." Aufgeregt erwiderte Robertin: „Ja, ja natürlich, das mache ich gleich. Ihre... Email-Adresse... ah ja hier, steht auf Ihrer Visitenkarte. Gut, Sie kriegen gleich Post von mir." Mit diesen Worten legte er auf. Jankovich ließ seine flache Hand auf den Schreibtisch knallen, und Charlotte zuckte zusammen. „Verdammt noch mal!", entfuhr es Jankovich. „Das hätte mir verdammt noch mal gleich auffallen müssen! Wenn Ulrike Sandner nicht in der Reha angekommen ist, kann sie auch keine Postkarte von dort verschicken." Irritiert von seinem Wutausbruch musterte Charlotte den Kommissar. Dann sagte sie in einem verständnisvollen Tonfall: „Naja, wir machen alle Fehler. Das ist doch normal." Doch kaum hatte sie das ausgesprochen, überkam sie das Gefühl, sich damit zu sehr aus dem Fenster gelehnt zu haben. Charlotte sagte: „Tut mir leid, ich will Sie nicht bevormunden." Jankovich atmete tief durch. „Nein, ist schon recht. Das löst das Problem aber auch nicht." Einige Augenblicke angespannten Schweigens später sah Jankovich, dass er eine Mail erhalten hatte. Er wandte sich dem Monitor zu und Charlotte stand auf, um um den Schreibtisch herumzulaufen. Sie blieb hinter Jankovich stehen und sah ihm über die Schulter, wie er eine Mail öffnete, die mit der Signatur des Zoodirektors bei ihm eingegangen war. Es waren vier Bild-Dateianhänge an der Mail. Jankovich klickte auf das erste Bild, und ein Postkartenmotiv mit zusammengesetzten, braunen Schlieren erschien auf dem Monitor. Das kannte Jankovich bereits, denn das war die Karte, die er im Büro des Zoodirektors gelesen hatte. Er öffnete die zweite Bild-Datei der Mail, die die beschriebene Seite der Postkarte zeigte. Charlotte beugte sich näher, um den Text lesen zu können. In großen, geschwungenen Buchstaben stand dort:

„Lieber Herr Robertin,

ich wollte mich nur melden, um Ihnen ein Lebenszeichen zu schicken. Mir geht es den Umständen entsprechend, aber ich muss sagen, ich komme nur schwer zurecht, seit mein Vater tot ist. Ich weiß Sie möchten gerne wissen, wann ich wieder zur Arbeit erscheinen kann, aber das kann ich Ihnen leider noch nicht sagen. Ich melde mich aber, sobald ich Ihnen dazu konkret etwas sagen kann.

Herzlichst

Ihre Ulrike Sandner."

Charlotte sagte tröstend zu Jankovich: „Naja, daraus ist aber wirklich nicht ersichtlich, ob die Karte aus der Reha geschrieben wurde oder nicht." Jankovich vergrößerte den Bildausschnitt, der den Poststempel über der Briefmarke zeigte. Mit zusammengekniffenen Augen entzifferte er:

„Glottertal" „Hm", sagte er. „Der Poststempel ist jedenfalls aus dem gleichen Ort wie die Rehaklinik." „Zeigen Sie mal die andere Postkarte", entfuhr es Charlotte eifrig. Jankovich tat es und ein neues Postkartenmotiv erschien auf dem Bildschirm. Dieses sah komplett anders aus. Es zeigte ein übliches Sommerurlaubs-Motiv: Zwei Palmen an einem traumhaften Sandstrand, deren Wedel in türkisfarbenes Meer ragten. Die untergehende Sonne schickte rötliche Strahlen über die Szenerie. Schnell öffnete Jankovich die letzte Bilddatei mit der beschriebenen Rückseite. Auf den ersten Blick konnten beide erkennen, dass diese Karte von einer völlig anderen Person geschrieben worden war. Diese Schrift war viel kleiner und die Buchstaben standen enger beieinander. Auch der Inhalt hatte einen erkennbar anderen Urheber:

„Lieber Herr Robertin,

Malta ist traumhaft! Je länger ich Hier bin, desto weniger will ich zurückkommen ☺ die Sonne tut mir wahnsinnig gut und das Essen, das Obst vor allem, ist hier ja Sowas von lecker. Ich wiege garantiert 10 Kilos mehr, wenn ich wieder zurück bin, aber was solls, den Tieren ist es eh egal ☺

Ich schicke sonnige Grüße in die Wilhelma,
Ulli Sandner"

Charlotte hatte sich beim Lesen dicht über Jankovich gebeugt, so dass ihr Arm sein Ohr berührte. Doch sie war so auf den geschriebenen Inhalt konzentriert, dass sie es erst jetzt bemerkte. Peinlich berührt wich sie zurück. Doch auch Jankovich war so von seinem Monitor gefesselt, dass er erst Charlottes Zurückweichen bemerkte. Schnell sagte Charlotte: „Eindeutig eine andere Schrift. Aber sowas von eindeutig." Doch sie konnte nicht verhindern, dass ihr die Röte ins Gesicht schoss. Es war ihr zutiefst unangenehm und sie drehte Jankovich den Rücken zu, damit er ihr Gesicht nicht sehen konnte, und lief langsam wieder um den Schreibtisch herum. Jankovich blickte wieder auf seinen Bildschirm und sah dann auf das Telefon. Er griff nach dem Hörer und rief Specht an: „Ja Hubert, hör' mal, ich leite dir gleich 'ne Mail vom Zoodirektor weiter. Schau' dir das mal an." Während er mit der linken Hand den Hörer festhielt, betätigte er mit der rechten Hand die Maus und schickte die Mail ins benachbarte Zimmer. Dann wartete er einige Augenblicke, bis Specht sich ebenfalls alle vier Bilder angesehen hatte. Auf einmal konnte Charlotte durch den Hörer Spechts Stimme hören. Das war insofern bemerkenswert, weil Jankovich diesmal nicht auf Lautsprecher gestellt hatte. „Das gibt's doch nicht!", brüllte Specht. Die folgenden Worte waren dann wieder leiser und für Charlotte unhörbar. Einige Augenblicke später ergriff Jankovich das Wort. „Damit rückt unsere Frau Sandner auf der Verdächtigen-Liste wieder ganz nach oben. Vielleicht hatte sie ja einen Komplizen, der die Karte für sie geschrieben und aus Glottertal abgeschickt hat, während sie schon ganz woanders war. Gibt's denn schon was Neues von der Fahndung?" Er hörte Spechts Antwort, und weil er wusste, dass Charlotte nicht mithören konnte, schüttelte er den Kopf, während er sie ansah. Mittlerweile hatte Charlotte wieder ihre normale Gesichtsfarbe. Die beiden Kommissare sprachen noch ein paar Minuten lang miteinander, dann legte Jankovich auf. An Charlotte gewandt sagte Jankovich: „Also gut, jetzt können wir erst mal nichts mehr machen. Ich bitte gleich einen Kollegen von der Kriminaltechnik die Postkarten im Zoo abzuholen. Aber für Sie war es heute ein langer Tag. Ich schlage vor, Sie fahren nach Hause." Dabei warf er einen Blick auf seine Armbanduhr. Charlotte fühlte sich enttäuscht, dass sie nicht noch weiter machen würden. Jetzt, wo sich diese entscheidende Wendung aufgetan hatte. Doch sie sah auch ein, dass Jankovich Recht hatte. Es war ein langer Tag für sie gewesen, und sie spürte, wie erschöpft sie war. Sie seufzte. „Also gut, dann mach' ich mich mal auf den Weg. Ich nehme an", sprach sie, während sie aufstand, „ich darf nichts davon Sanne und Christoph erzählen?" Jetzt lächelte Jankovich wieder. „Nein. Aber solange Sie sich dran halten, muss ich Sie auch nicht zwingen, eine Vertraulichkeitsklausel zu unterschreiben." Er zwinkerte. Schnell drehte sich Charlotte ab, bevor sie erneut erröten konnte, und lief zur Tür. Am Türrahmen drehte sie sich noch einmal um und sagte: „Danke. Wirklich. Und... einen schönen Abend." Als sie wieder im Flur war, durchzuckte sie ein Gedanke. ‚Verdammt, jetzt hätte ich mir das Foto im Bilderrahmen ansehen können', dachte sie verärgert.

Kapitel 21

Gegen 18:00 Uhr schloss Charlotte die Wohnungstür auf. Sie hörte Sanne und Christoph aufgeregt im Wohnzimmer miteinander sprechen. Doch offenbar ging es nicht darum, dass Sanne in Schwierigkeiten war, sondern um Christoph. Sanne rief gerade: „Und wieso warst du dann schon wieder bei Jessy? Wenn die mit dem Toni zusammen ist, dann kann er ihr doch bei ihrer scheiß App helfen. Warum musst immer du das machen?" Christoph erwiderte verärgert: „Also ehrlich, das spielt doch jetzt überhaupt keine Rolle. Ich hab' halt einfach mehr Erfahrung mit Apps als der Toni. Da gibt es echt nichts, worüber du dir Sorgen machen musst!" Charlotte wollte sich eigentlich nicht in den Streit der beiden einmischen, doch auch für ihr Gefühl konzentrierte sich Sanne im Moment auf das falsche Problem. Charlotte betrat das Wohnzimmer und sah Sanne auf dem Sofa sitzen, die Arme wütend vor der Brust verschränkt. Sanne fixierte Christoph mit gefurchter Stirn, während er vor ihr stand und wild mit den Armen herumfuchtelte. „Hier, ich ruf' sie gleich an, dann kann sie dir persönlich sagen, dass sie nichts von mir will." Mit diesen Worten griff er nach seiner Hosentasche, doch statt etwas herauszuziehen, klopfte seine Hand nur an eine flache Tasche. „Ach scheiße", fluchte er. „Ich muss das Handy in Jessys Auto vergessen haben." Er warf einen wütenden Blick zu Sanne. „Verdammt. Ich kenne ihre Nummer nicht auswendig. Dann geh' ich das Handy eben schnell holen. Oder, noch besser, ich geh' mein Handy und Jessy holen, dann kann sie es dir gleich persönlich sagen!" Sanne holte bereits Luft, um Christoph wütend eine Erwiderung entgegenzuschleudern, doch jetzt fühlte Charlotte sich verpflichtet, einzugreifen. „Hey hey hey, also jetzt mal langsam. Wenn hier einer dein Handy holt, dann bin ich das. Ihr zwei solltet lieber die Zeit zusammen nutzen, um das gemeinsam zu verarbeiten, was grade passiert ist. Sanne wäre um ein Haar verhaftet worden, ist euch das eigentlich klar? Wie super unwichtig ist denn bitte diese Jessy im Vergleich dazu?!“ Charlotte war jetzt auch wütend. Der Tag war lang gewesen und sie wünschte sich nichts mehr als eine Dusche und einen angenehmen Abend auf dem Sofa. Trotzdem konnte sie so nicht zur Ruhe kommen. So eifersüchtig kannte sie ihre Schwester gar nicht. Vielleicht setzten Sanne der Tod von Konstantin Brechnow und die ihr zur Last gelegten Spuren insofern zu, dass ihre Unsicherheit sich auf Christophs Arbeitskollegin kanalisierte? In jedem Fall war das Unsinn, und Charlotte wollte nicht, dass Sanne sich solchen Hirngespinsten hingab. Unwirsch wandte sie sich an Christoph: „Also, wo wohnt diese Jessy? Ich geh‘ schnell hin und hole dein Handy. Und meinetwegen lass ich auch ‘ne Audiodatei mitlaufen, in der sie beteuert, dass sie nichts von dir will!“ Sie hatte es eigentlich als Scherz gemeint, doch als sie Sanne ins Gesicht blickte, schien diese regelrecht begeistert. „Oh mann!“, stieß Charlotte frustriert hervor. Christoph wog ab, ob er Charlotte wirklich dafür einspannen sollte, doch dann gab er seinem Bedürfnis nach, mit Sanne wieder Frieden zu schließen. „Also schön“, seufzte er und gab Charlotte die Adresse. Jessy wohnte nur sieben U-Bahn-Stationen von ihrer Wohnung entfernt. Also wäre Charlotte bald wieder mit Christophs Handy zurück.

Charlotte überlegte, ob sie sich noch schnell umziehen sollte. Sie trug immer noch den geblümten Rock und die kurze weiße Bluse und war vom langen und heißen Tag ziemlich verschwitzt. Andererseits... was machte das jetzt noch aus. Charlotte zog kurzentschlossen die Wohnungstür hinter sich zu und steuerte die U-Bahn an. Nach wenigen Minuten fuhr die Bahn ein und Charlotte stieg in ein proppenvolles Abteil ein. Sie nahm zahlreiche Körpergerüche und Schweiß wahr, und auf einmal war sie froh, sich nicht die Mühe eines Klamottenwechsels gemacht zu haben. Sie konzentrierte sich auf die Haltestellen, um die richtige nicht zu verpassen. Erleichtert stieg sie aus, als die Bahn hielt. Charlotte warf einen kurzen Blick auf die Karten-App ihres Handys, um sich zu orientieren, und schlug dann die Richtung ein, in der die Wohnung von Jessy sein musste. Nach wenigen Fußminuten blieb sie an einem hübschen Mehrfamilienhaus stehen. Laut Christoph wohnte Jessy in einer 3-Zimmer-Wohnung im Erdgeschoss. Charlotte lief zum Klingelschild und drückte die Klingel, neben der Jessica Brecht stand. Nach einigen Augenblicken ertönte eine unsichere, weibliche Stimme durch die Sprechanlage. „Ja hallo?“ Charlotte erwiderte freundlich, aber bestimmt: „Ja hi, Jessy, ich bin Charlotte, Sannes Schwester. Ich komme, weil Christoph wahrscheinlich sein Handy in deinem Auto verloren hat. Hast du es zufällig gefunden?“ Gespannt wartete Charlotte darauf, dass die junge Frau sie einließ. Zwei Sekunden später hörte sie ein mechanisches Summen an der Türe und drückte die Haustür auf.

Jankovich saß an seinem Schreibtisch. Er ärgerte sich immer noch maßlos, dass er nicht auf die Idee gekommen war, dass die Postkarte, die angeblich aus der Rehaklinik geschrieben wurde, gar nicht von dort stammen konnte. Die Ungewissheit, wo Ulrike Sandner war, ließ ihm keine Ruhe. Specht hatte ihm ja gesagt, dass die Fahndung noch nichts Neues ergeben hatte. Aber Jankovich wollte den Tag nicht verstreichen lassen, ohne noch einen letzten Klärungsversuch zu unternehmen. Ihm fiel noch eine Möglichkeit ein, etwas in Erfahrung zu bringen. Aber er war sich nicht sicher, ob er den Mann, an den er dachte, noch erreichen würde. Er probierte dennoch sein Glück und griff erneut nach dem Telefonhörer. Tatsächlich hob jemand nach dem 3. Klingeln ab. „Sie sprechen mit Victor Urbanov", ertönte die Stimme des alten Nachlasspflegers. „Ja guten Abend, Kommissar Jankovich hier. Schön, dass ich Sie um die Uhrzeit noch erreiche. Ich weiß, wir waren zwar erst heute Vormittag bei Ihnen, aber haben sich zufällig Neuigkeiten zu Ulrike Sandner ergeben? Bei uns häufen sich nämlich langsam die Fragen nach ihrem Verbleib." Die raue Stimme des Alten sagte langsam und sachlich. „Nein, tut mir leid. Frau Sandner meldet sich nicht. Aber", sagte er und Jankovich horchte auf. „Ich habe mittlerweile tatsächlich andere Neuigkeiten. Ich habe herausgefunden, wo ich die zweite Erbin finde. Das war gar nicht so schwer. Ich habe nur beim Standesamt nach der Meldeadresse von Liliana Brecht gefragt. Und nachdem man mir mitgeteilt hat, das Liliana nicht mehr Liliana heißt, sondern Jessica, konnte ich auch ihre Adresse ausfindig machen." Irgendetwas in Jankovich wurde hellhörig. „Wie war der Name? Jessica Brecht?" „Ja, das sagte ich doch. Jessica

Brecht. Sie hat ihren Vornamen ändern lassen, nachdem sie ein psychologisches Gutachten vorgelegt hat. Jessica Brecht erbt die Hälfte des Nachlasses. Und sollte Frau Sandner die nächsten zehn Jahre verschollen bleiben", der Mann lachte kehlig, „dann wird sie für tot erklärt und Frau Brecht kriegt alles." ‚Jessica Brecht. Jessica...', überlegte Jankovich, während er noch den Hörer in der Hand hielt. Diesen Namen hatte er doch heute schon mal gehört. Mehrfach. Hatte Christoph Seiler nicht eine Jessy erwähnt? Aber es war doch mehr als unwahrscheinlich, dass diese Jessy die gesuchte Jessica Brecht war. Dennoch bedankte Jankovich sich schnell bei Victor Urbanov und verabschiedete sich. Da er die Nummer von Christoph nicht hatte, wählte Jankovich als nächstes die Telefonnummer der Bienerts. Nach dem fünften Läuten hob jemand ab. Christophs Stimme ertönte. „Ja guten Abend Herr Seiler, Jankovich nochmal. Das ist ja gut, dass ich Sie direkt erwische. Hören Sie, Sie haben doch vorhin eine Jessy erwähnt? Wie heißt sie eigentlich mit vollem Namen?" Christoph stutzte, antwortete dann aber wie gewünscht: „Jessica Brecht. Wieso? Wollen Sie sie etwa jetzt noch sprechen?" ‚Das gibt's doch nicht', dachte Jankovich und antwortete: „Ja, ich würde tatsächlich gerne mit ihr sprechen." Ihm kam ein Gedanke. Sie hatten bisher immer nur bei Ulrike Sandner vermutet, dass sie für das Erbe ihres Vaters vielleicht gemordet hatte. Genau dasselbe traf ja nun auch auf ihre Halbschwester Jessica Brecht zu. „Sie sagten doch, dass Jessica Brecht ebenfalls bei Ihrer Party war. Kann Ihre Kollegin eigentlich auch programmieren? Zum Beispiel Trojaner?" Christoph schnaubte verächtlich in den Hörer. „Also wissen Sie, wenn Sie wollen, dass ich meine Kollegen ans Messer liefere...“ Jankovich unterbrach ihn hastig. „Nein, nein, das ist wirklich nicht der Fall. Aber ich muss das wissen: könnte sie es?“ Irgendetwas in Jankovich drängendem Tonfall begann Christoph nun zu beunruhigen. Zögerlich antwortete er: „Ja. Schon. Klar.“ Dann schien er zu verstehen, weshalb Jankovich das fragte. „Aber... das ist doch Quatsch. Die Jessy hat doch keinen Grund, Sanne irgendwas anzuhängen. Die ist doch super lieb. Die drückt jetzt grade wahrscheinlich Charlotte mein Handy in die Hand, und noch ‘ne Packung Süßigkeiten obendrauf, um sich zu entschuldigen.“ Christoph lachte. „Ich muss doch tatsächlich mein Handy bei Jessy im Auto verloren haben.“ Jankovich erstarrte. Hastig fragte er: „Charlotte ist bei Jessy? Seit wann?“ Christoph seufzte. „Oh mann, was ist denn los? Sie spinnen sich da glaube ich was zusammen.“ „Seit wann?“, drängte Jankovich erneut. Widerwillig antwortete Christoph. „Keine Ahnung, Charlotte ist so vor ‘ner halben Stunde los.“ ‚Das kann doch nicht wahr sein!‘, dachte Jankovich aufgeregt und ein beklemmendes Gefühl machte sich in seiner Brust breit. Nun rief er laut in den Hörer: „Adresse!“ Christoph antwortete nicht. Offenbar war er von Jankovichs Tonfall irritiert. „Adresse von Jessica Brecht!“ Jankovich hatte weder Zeit für ganze Sätze, noch dafür, selbst in seinem Rechner danach zu suchen. „Weidenweg 17, Bad Canstatt. Aber wieso...?“, weiter kam Christoph nicht, denn Jankovich knallte den Hörer auf die Gabel und schob in einer fließenden Bewegung seine Waffe ins Holster, während er zeitgleich nach seiner Jacke griff und vom Stuhl schnellte.

Kapitel 22

Die junge rothaarige Frau, die Charlotte von der Verlobungsfeier wiedererkannte, öffnete die Wohnungstür einen Spalt breit. Unsicher sah sie Charlotte an. „Hi", sagte Charlotte freundlich und sah der Frau mit einem offenen Ausdruck ins Gesicht. ‚Irgendwie kommen mir diese Augen bekannt vor', schoss es Charlotte durch den Kopf. Doch sie wischte den Gedanken beiseite. Sie wollte so schnell wie möglich wieder nach Hause, um sich endlich auszuruhen. „Hallo", entgegnete ihr Gegenüber, immer noch unsicher. Charlotte verstand nicht, warum diese Jessy die Tür immer noch nicht ganz öffnete. „Ähm... ja, also, hast du zufällig das Handy von Christoph gefunden?" Jessy schüttelte schnell den Kopf. „Ne, tut mir leid, ich hab's nicht." Charlotte hatte den Eindruck, als wollte die Frau sie schnell wieder loswerden. Doch Charlotte wollte nicht ohne das Handy wieder gehen. „Bist du sicher? Wärst du so nett, vielleicht noch mal schnell in deinem Wagen nachzusehen? Vielleicht ist es ja in die Ritze vom Beifahrersitz gerutscht." Charlotte lächelte wieder, und versuchte, sich nicht anmerken zu lassen, dass sie langsam von der jungen Frau genervt war. Mit so wenig Hilfsbereitschaft hatte sie nicht gerechnet. Jessy verzog unmotiviert den Mund und nickte dann schwach, bevor ihr Gesicht aus dem Türspalt verschwand. Einige Sekunden später erschien sie mit einem Autoschlüssel in der Hand und schlüpfte in den Flur zu Charlotte. Jessy trug locker sitzende Jogging-Hosen und ein Spaghetti-Top. Überrascht stellte Charlotte fest, dass diese Frau ziemlich muskulös war. „Wow, machst du Sport?", fragte Charlotte anerkennend. Sie wollte der jungen Frau schmeicheln, um sie ein wenig freundlicher zu stimmen. Als wäre es ihr unangenehm, sagte Jessy leise: „Ja, ich geh‘ Klettern.“ Nach diesem Ausbund an persönlicher Information steuerte sie rasch die Haustür an, durch die Charlotte eben noch hereingekommen war. Sie lief hindurch und ging über einen kiesgepflasterten Weg um das Haus herum. Charlotte folgte ihr unaufgefordert. Hinter dem Haus waren einige Garagen aufgereiht, die sich in Vierer-Reihen gegenüberstanden. Jessy schloss die letzte Garage in der Reihe auf, die man vom Haus aus frontal sehen konnte. Charlotte sah den Kotflügel eines dunkelblauen Fiat Panda auftauchen. Die Garage war relativ eng geschnitten, denn neben dem Auto war nur wenig Platz für einige Kartons, die an die Wand der Garage gestapelt waren. Jessy schloss den Wagen auf, während Charlotte vor der Garage stehen blieb. Sie sah Jessy dabei zu, wie sie sich auf den Fahrersitz setzte und sich über den Beifahrersitz beugte, um nach Christophs Handy zu suchen. Um die Wartezeit zu überbrücken, ließ Charlotte ihren Blick über die Kartons gleiten, die sich in der Garage stapelten. Sie wollte den Blick grade wieder abwenden, als etwas ihre Aufmerksamkeit erregte. Etwas, das sie durch einen Tragegriff erblickte, der einen kleinen Einblick auf den Inhalt der Kiste gewährte. Es war ein Symbol, das Charlotte sehr gut kannte. Etwas, dass sie täglich sah. An Sanne. Besser gesagt an Sannes Kleidung. Es war das Symbol, das auf jeder Kleidung eines Tierpflegers zu finden war: Der *Wilhelma*-Elefant. Irritiert zog Charlotte die Augenbrauen zusammen. In diesem Augenblick tauchte Jessys Kopf wieder hinter der Windschutzscheibe auf. Sie hob Christophs Handy in die Höhe und stieg wieder aus dem Wagen aus.

Charlotte reagierte jedoch kaum auf sie, und Jessy fragte: „Ist alles ok? Hier, das Handy." Doch Charlotte hielt ihr nur geistesabwesend die Hand hin, während sie mit dem Finger der anderen Hand in Richtung des Kartons zeigte. „Hast du da etwa Tierpfleger-Klamotten drin? Von der *Wilhelma*?" Etwas in Jessys Gesicht veränderte sich. Der unsichere und abweisende Zug, der bis eben noch zu sehen war, veränderte sich zu einem harten und angriffslustigen Ausdruck. „Das geht dich nichts an. Hör' auf hier rumzuschnüffeln. Nimm das Handy und geh'!" Charlotte zog die Augenbrauen zusammen. Ihr gefiel gar nicht, mit welcher Heftigkeit die junge Frau auf diese Frage reagierte. Auch Charlotte hatte einen langen Tag gehabt und war bisher – obwohl sie müde und abgespannt war – sehr freundlich zu Jessy gewesen. „Moment Mal, das war doch nur eine höfliche Frage! Ist mir halt aufgefallen, weil ich die Klamotten von Sanne kenne. Und du hast schließlich keine Berührungspunkte mit dem Zoo, oder?" Jessy äffte sie abschätzig nach. „Berührungspunkte, Berührungspunkte." Charlotte wich zwei Schritte zurück. Was war passiert? Es war ihr unbegreiflich, wieso diese Frau, die eben noch introvertiert und schüchtern gewirkt hatte, auf einmal so aggressiv war. „Verpiss' dich und geh zurück zu deiner tollen Schwester, und steck deine Nase nicht in meine Angelegenheiten", knurrte Jessy jetzt drohend und kam die zwei Schritte auf Charlotte wieder zu, die diese eben noch zurückgewichen war. Charlotte sah sich um. Sie verstand zwar nicht, was hier grade vor sich ging. Aber sie hatte auf einmal das dringende Bedürfnis, nach einem Fluchtweg zu suchen. ‚Aber... sie kann mich hier doch nicht wirklich angreifen. Wir sind hier mitten in einem Wohngebiet, wahrscheinlich kleben schon mindestens drei Nachbarn an den Fenstern und beobachten uns', schoss es Charlotte durch den Kopf. Also fühlte sie sich mutig genug, sich gegen die Frau zu wehren, die sich jetzt bedrohlich vor ihr aufgebaut hatte und sie böse anfunkelte. Diese Augen... sie kamen Charlotte immer noch so bekannt vor. Charlotte fragte: „Tolle Schwester – darf ich fragen, warum das grade so feindselig klang? Hast du was gegen Sanne?" Ein verächtliches Lächeln zog sich über Jessys Gesicht, als sie die Arme vor der Brust verschränkte. ‚Gut', dachte Charlotte, ‚dann kann sie mir wenigstens keine knallen.' „Deine Schwester", und wieder troff das Wort vor Abscheu, „ist ein kleines billiges Flittchen. Und ehrlich gesagt verstehe ich nicht, was Christoph an ihr findet. Er könnte jede andere haben. Er ist intelligent, sieht gut aus und könnte sich geistig mit jeder anderen Frau abgeben. Einer, die ihm intellektuell auch was zu bieten hat." Charlotte glaubte, sich verhört zu haben und wurde wütend. „Billiges Flittchen? Tickst du noch ganz richtig? Was soll das denn jetzt? Sie hat dir doch gar nichts getan! Und überhaupt", fiel ihr jetzt auf, „hört sich das ja grade so an, als wärst du scharf auf Christoph! Ist das der Grund, warum er dir immer bei deiner App helfen soll? Gibt es die überhaupt?" Jetzt hatte Jessy die Arme wieder heruntergenommen und Charlotte wich erschrocken weitere Schritte zurück. Bis sie plötzlich mit dem Rücken an eine geschlossene Garagentür stieß, die ihr jede weitere Rückzugsmöglichkeit nach hinten versperrte. „Natürlich gibt es die App", sagte Jessy mit wutverzerrter Miene. „Was denn sonst? Wobei sollte Christoph mir denn sonst helfen? Das ergibt doch keinen Sinn. Hör' dir doch mal selber zu!"

Und Charlotte hörte zu. Und dabei fiel ihr etwas auf – trotz der Angst, die ihr in Sekundenschnelle bis in die Knochen gekrochen war: Was hatte Jessy grade gesagt? „Das ergibt doch keinen Sinn“? Das war zwar grammatikalisch völlig korrekt, aber trotzdem im heutigen Sprachgebrauch eher selten. Die meisten Menschen sagten und schrieben „Sinn machen“. Und diese korrekte Anwendung, „Sinn ergeben“, hatte Charlotte erst kürzlich bei zwei anderen Gelegenheiten bemerkt. Eine war die Email, die Sanne angeblich an Konstantin geschickt hatte. Und die andere war sein Abschiedsbrief, der an Sanne adressiert war. Charlottes Puls schnellte nach oben. Sie spürte die Garagentür hinter sich, nach hinten konnte sie nicht mehr ausweichen, also blieb nur die Flucht nach links oder rechts. Sie wollte sich soeben nach rechts schlagen, als der Arm von Jessy blitzschnell neben Charlotte schoss und ihr damit den Fluchtweg versperrte. Den Bruchteil einer Sekunde später knallte auch die rechte Hand der Frau an die Garagentür neben Charlotte, so dass sie jetzt ganz vom Körper der anderen eingepfercht wurde. „W...w...was willst du jetzt machen? Es ist noch hell genug und... uns sehen doch bestimmt Leute hier“, stammelte Charlotte. Der Schweiß brach ihr aus. Das Gesicht der rothaarigen Frau war jetzt dicht vor Charlottes, und sie konnte den Atem in ihrem Gesicht spüren, als Jessy sprach. Voller Verachtung sagte Jessy: „Schätzchen, wir stehen hier im toten Winkel. Hier kann uns absolut niemand sehen. Wenn jetzt keiner ums Eck kommt, dann kann ich mit dir anstellen, was ich will. Und ich kenne meine Nachbarn“, höhnte sie. „Die hocken grade alle vor ihren Fertig-Nudeln und schauen *Gute Zeiten, schlechte Zeiten.*“ Charlotte starrte der Frau entsetzt in die Augen. Und in diesem Augenblick fiel Charlotte auch ein, woher sie diese Augen kannte. Allerdings waren diese Augen weniger feindselig als Jessys gewesen. Und sie waren auf einem schwarz-weißen Foto gewesen. „Du... du bist die Tochter von Rudolph Sandner“, stammelte sie. Das verächtliche Lächeln verschwand von Jessys Gesicht, und sie zischte leise und bedrohlich: „Du blöde kleine Schlampe. Wie hast du denn das rausbekommen?“ Charlotte spürte, wie ihr Herz noch schneller schlug. Es war ihr zwar zweifelhaft, wie diese Frau ihr hier, zwischen all diesen Garagen, etwas antun konnte. Aber so genau wollte sie sich das auch nicht vorstellen. Gleichzeitig glomm ein Hoffnungsschimmer in ihr auf. Christoph wusste, wo sie war. Vielleicht wurde er langsam unruhig und würde versuchen, sie anzurufen. Charlotte überlegte fieberhaft, wie sie an ihr Handy kommen sollte, um Hilfe zu rufen. Doch das war leider unmöglich, da Jessy sie fest an die Garagentür presste. Aus irgendeinem Grund erschien es Charlotte am sinnvollsten, Zeit zu schinden. Und obwohl sie beinahe ohnmächtig vor Angst war, sagte sie: „Du... du hast den Konstantin umgebracht! Und es Sanne in die Schuhe geschoben! Wie konntest du nur?“ Ein unterdrücktes Lachen entrann Jessys Kehle. „Ich soll jemanden umgebracht haben? Wie soll ich das denn angestellt haben? Und wie sollte ich Sanne etwas in die Schuhe schieben? Du fantasierst doch.“ Charlotte sprach weiter. Sie wollte Jessy eigentlich nicht noch wütender machen, aber andererseits... entkam sie ihr ohnehin nicht. Noch nicht. Vielleicht konnte sie die Frau soweit provozieren, dass sie kurz abgelenkt war und sich Charlotte eine Chance zur Flucht auftat. Charlotte spürte, wie ihr der Schweiß den Rücken unter ihrer Bluse entlangrann. „Wie du das angestellt hast, weiß ich nicht. Aber da du ein erhebliches Vermögen erbst, wird es schon irgendwas damit zu tun haben." Plötzlich schlich sich ein beunruhigter Ausdruck in Jessys Augen. Charlotte witterte ihre Chance und schlug weiter in dieselbe Kerbe. „Und deine Schwester, Ulrike Sandner, scheint ja vom Erdboden verschwunden zu sein." Plötzlich, ohne darüber nachzudenken, sprach sie den Gedanken im selben Moment aus, indem er ihr kam. „Sie hast du auch getötet. Deswegen finden wir sie nicht. Deswegen hat sie ihr Erbe nicht angetreten. Du willst das ganze Vermögen." Die letzten Worte hatte Charlotte geflüstert, und sie schauderte. Der Blick, mit dem Jessy sie jetzt ansah, sprühte vor Hass. Sie fixierte Charlotte wie eine Schlange das Kaninchen. Einige nervenzerreißende Sekunden später stieß sich Jessy von der Garage ab. Sie bewegte zielgerichtet ihre Hände auf Charlottes Hals zu. Doch Charlotte hatte auf diese Gelegenheit gewartet und stieß sich ebenfalls von der Garagentür ab. Sie packte all ihre Kraft in die Bewegung, um einen Vorsprung vor Jessy zu bekommen, und rannte los. Doch nach wenigen Schritten spürte Charlotte entsetzt, wie Jessy sie bereits aufgeholt hatte und von hinten grob nach ihrem Arm griff. Und in diesem Augenblick hörten beide eine Männerstimme.

Kapitel 23

„Sofort loslassen und Hände hoch!“, rief Jankovich. Er hatte seine Waffe im Anschlag und zielte auf Jessy. Charlotte wollte bereits erleichtert zur Seite springen, doch Jessy zog sie stattdessen dicht vor sich und legte blitzschnell ihren muskulösen Arm um Charlottes Hals. Charlotte keuchte. Jessys Armbeuge drückte schmerzhaft auf Charlottes Kehlkopf und mit dem Unterarm drückte sie ihr die Hauptschlagader am Hals ab. Charlotte spürte, wie die Arterie an ihrem Hals verzweifelt pulsierte. Sie hörte Jankovichs Stimme: „Verdammt noch mal, lassen Sie sie los, Frau Brecht! Sie haben doch keine Chance mehr, hier rauszukommen!“ Doch Jessy dachte nicht daran, Charlotte freizulassen. Sie sagte nichts, doch Charlotte konnte beinahe spüren, wie es in der Frau arbeitete und sie überlegte, wie sie hier wieder rauskam. Dann merkte Charlotte, wie ihr schwummerig wurde. Ihr Gehirn bekam langsam zu wenig Sauerstoff. Verzweifelt begann Charlotte, mit den Händen an Jessys Arm zu reißen, der ihren Hals noch immer fest umklammert hielt. Doch Jessy hielt sie weiter im eisernen Griff. Dann spürte Charlotte, wie Jessy rückwärts lief, und sie mit sich zog. Da ihr keine andere Wahl blieb, stolperte Charlotte rückwärts. „Na los“, zischte ihr Jessy ins Ohr, und Charlotte begriff, was Jessy vorhatte. Sie wollte zu ihrem Auto. Zwar wurde der Druck auf Charlottes Hals durch die Bewegung etwas verringert, doch Jessy hielt sie immer noch wie ein Schutzschild vor sich und hinderte Jankovich somit daran, auf Jessy zu schießen. Undeutlich konnte Charlotte erkennen, wie Jankovich aufschloss und beiden folgte. „Bleib‘ gefälligst stehen oder ich zertrümmer‘ ihr den scheiß Kehlkopf!“, schrie Jessy jetzt in Jankovichs Richtung. Dieser gehorchte, hielt aber seine Waffe weiter auf Jessy gerichtet. Charlotte schloss die Augen. Sie umklammerte immer noch mit beiden Händen Jessys Arm und zog verzweifelt daran, um sich selbst zu befreien. Jessy blieb jetzt vor ihrem Wagen stehen und schien abzuwägen, wie sie Charlotte ins Auto bekam, ohne sie gleichzeitig als Schutzschild zu verlieren. Jankovich rief zu Jessy hinüber: „Wie soll das denn gehen? Das Auto steht in der Garage, bis Sie drin sind, hab’ ich Sie doch längst erwischt.“ Jessy schien einen Augenblick abzuwägen, ob er Recht hatte. Doch dann überzog ein hämisches Grinsen ihr Gesicht. „Ich hab’ auch Kletterausrüstung da drin. Sie haben vielleicht ‘ne Knarre, aber wenn ich ihr einen scharfen Kletterhaken an den Hals halte, dann will ich mal sehen wie sie sich trauen auf mich zu schießen. Wissen Sie, wie viel Schaden so ein Haken anrichten kann? Ich würde sagen, das Fräulein Bienert kommt jetzt erstmal mit mir in die Garage...“, doch weiter kam sie nicht. Charlotte spürte, wie die Frau, die sie eben noch im unbarmherzigen Griff gehalten hatte, unvermittelt nach hinten und zur Seite wegkippte. Da Jessy Charlotte immer noch umfasst hielt, riss sie sie mit sich zu Boden. Noch im Fallen entfuhr Charlotte ein erstickter Schrei. Sie spürte kaum, wie sie mit der Seite auf dem Boden aufprallte und sich der kiesige Untergrund in ihren Oberarm bohrte. Unfähig zu begreifen, was mit ihr passiert war, blieb Charlotte reglos am Boden liegen.

Mit drei Hechtschritten war Jankovich bei Charlotte, griff mit beiden Händen nach ihren Armen und zog sie nach oben und zwei Schritte weit von Jessy weg, die immer noch am Boden lag. „W...Was“, ein heiseres Krächzen entrann Charlottes Kehle, und ein plötzlicher Hustenreiz hinderte sie daran, weiter zu sprechen. Jankovich hielt sie an beiden Armen fest und sagte ruhig: „Alles ist gut, es ist vorbei. Bleiben Sie ruhig, das wird gleich wieder besser. Sie sind jetzt in Sicherheit.“ Mit weit aufgerissenen Augen sah Charlotte Jankovich in die Augen. Sie hörte zwar, was er sagte, aber sie verstand es nicht. ‚In Sicherheit? In Sicherheit?‘ Wieder musste sie husten. Und plötzlich, ohne dass sie es verhindern konnte, breitete sich ein Zittern über ihren ganzen Körper aus. Jankovich spürte das Beben unter seinen Händen. Bevor er darüber nachdenken konnte, ob es angebracht war, zog er sie an sich und umarmte sie fest. Charlotte war wie gelähmt, völlig überfordert von diesem übereilten Szenenwechsel. Sie realisierte kaum, dass Jankovich seine Arme um sie geschlossen hatte, und sie zitterte immer noch heftig. Doch nach einigen Sekunden drang sein mittlerweile vertrauter Aftershave-Geruch zu ihr durch, und sie spürte seine Körperwärme durch ihre Kleidung. „Scht...alles ist gut“, sagte Jankovich jetzt leise, direkt neben ihrem Ohr. Und allmählich bahnte sich die Erkenntnis zu Charlottes Verstand durch, dass sie nun tatsächlich nicht mehr in Lebensgefahr war. Plötzlich rief eine weitere, vertraute Stimme aus Richtung der am Boden liegenden Jessy. „Hoppla, die hab’ ich aber fest erwischt. Naja, wird schon wieder aufwachen.“ Specht. Er musste von der entgegengesetzten Richtung wie Jankovich gekommen sein und sich von hinten an Jessy herangepirscht haben. Im entscheidenden Augenblick hatte er sie dann offenbar von hinten niedergeschlagen. Und während Charlotte bemerkte, dass ihr Zittern langsam schwächer wurde, hörte sie ein metallisches Ratschen. Vermutlich legte Specht Jessy gerade Handschellen an. Und während Jankovich ihr vorsichtig über den Rücken strich, hörte Charlotte, wie sich ein Martinshorn näherte.

Kapitel 24

Charlotte wurde auf eigenen Wunsch nach Hause und nicht in die Klinik gebracht. Der Notarzt hatte ihre Prellungen am Hals begutachtet und ihr erklärt, sie solle unbedingt doch in die Klinik, wenn sie sich in den nächsten Stunden übergeben müsse. Für den Fall dass sie sich durch den Sturz eine Gehirnerschütterung zugezogen haben sollte. Charlotte hatte es ihm hoch und heilig versprochen. Doch sie brannte darauf, endlich nach Hause und zu Sanne und Christoph zu kommen. Sie musste Sanne endlich mit Gewissheit sagen können, dass ihr Hals aus der Schlinge war. Als der Sanka vor ihrer Wohnung in Fellbach hielt und Charlotte widerstrebend die Hilfe des Hiwis annahm, der sie beim Aussteigen durch die Hintertüren stützte, standen Sanne und Christoph schon auf der Straße. Mit weit aufgerissenen Augen starrten sie Charlotte an. Charlotte nickte dem Hiwi zu, bedankte sich und sagte: „ Ich fahre in die Klinik, wenn es mir schlechter geht, versprochen.“ Der junge Mann nickte seinerseits, streifte Sanne und Christoph mit einem Blick und stieg dann zu seinem Kollegen in die Fahrerkabine. Jetzt konnte Sanne nicht mehr an sich halten. „Mein Gott, wo warst du? Wir haben uns schon tierische Sorgen gemacht! Und du gehst nicht an dein Handy! Nachdem dieser Jankovich am Telefon ausgetickt ist und Christoph angeschrien hat, konnte ich mich gar nicht mehr beruhigen!“ Sanne hatte ohne Luft zu holen gesprochen. Erst jetzt schien sie zu bemerken, wie mitgenommen Charlotte aussah. Mit ihren Augen scannte sie Charlottes Körper ab, sah die zerrissene Bluse und die Blutkrusten an ihrem rechten Arm. Dann sah sie die rötlichen Flecken an Charlottes Hals. „W...was ist denn passiert?“, stammelte nun Christoph. Charlotte seufzte. Sie fühlte sich unendlich müde und merkwürdig abgekapselt, wie in Watte gepackt. Dennoch sah sie die beiden an und sagte: „Sanne, herzlichen Glückwunsch, du bist eindeutig unschuldig. Christoph, deine Kollegin ist eine verrückte mordlüsterne Schlampe und du wirst ihr, glaube ich, nie wieder bei ihrer App helfen.“ Mit offenen Mündern starrten die beiden Charlotte an.

In der Nacht fand Charlotte erstaunlicherweise tiefen, traumlosen Schlaf. Trotzdem fühlte sie sich wie gerädert, als sie am nächsten Morgen ein stürmisches Klingeln aus dem Schlaf riss. ‚Wer oder was...?‘, dachte sie träge, während sie die Decke zurückschlug. Es war die Wohnungsklingel, die jetzt zum erneuten Schrillkanon ansetzte. Charlotte rollte sich demotiviert aus dem Bett und schlurfte langsam zur Tür. Sie drückte auf den Knopf an der Sprechanlage. „Ja, hallo?“ Max‘ Stimme schallte ihr entgegen. „Ja, hallo? Ja, hallo? Lass‘ mich gefälligst sofort rein, du verrücktes Huhn!“ ‚Oh mann‘, dachte sie seufzend. Charlotte hatte gestern Abend noch versucht, ihn zu erreichen, doch Max war nicht mehr an sein Handy gegangen. Also hatte sie ihm eine SMS geschickt: „Hallo mein Lieber, also ich hab’ es mal wieder getan. Diesmal war der Mörder eine Frau. Sanne ist jetzt aus dem Schneider. Mir geht’s gut, mach dir keine Sorgen. Weitere Details morgen. Alles Liebe, Charlotte.“ Diese Nachricht musste Max heute in den frühen Morgenstunden gelesen haben und sofort zu Charlottes Wohnung aufgebrochen sein. Charlotte drückte den Türöffner und öffnete schon mal ihre Wohnungstür.

Sie konnte hören wie Max im Treppenhaus zwei Stufen auf einmal nahm. Binnen einer halben Minute stand er vor ihrer Tür. Für einen Augenblick starrte er sie entgeistert an, dann riss er sie stürmisch in seine Arme. Viel zu laut rief er neben ihrem Ohr: „Oh mein Goooott! CHARLOTTE! Was hab' ich dir gesagt! Mach' sowas nie wieder!" Dann hielt er sie auf Armeslänge von sich weg und musterte sie. Charlotte rieb sich mit schmerzverzerrtem Gesicht das Ohr, in das Max gerade noch hineingebrüllt hatte. „Aua, nicht so laut. Komm' erst mal rein, die Nachbarn müssen ja nicht alles mitkriegen." Mit einem genervten Zungen-Schnalzen schob Max sie ungeduldig in ihre eigene Wohnung. Er hielt sie noch am Arm fest, als sie die Tür hinter sich geschlossen hatte. Mit der anderen Hand strich er ihre offenen Haare hinter ihre Schultern und sah die Flecken an ihrem Hals. Sie waren mittlerweile blau. „Was ist das?", fragte er entsetzt. „Boah Max", kam es nun von Sanne. Sie und Christoph waren von Max' Geklingel und Geschrei ebenfalls wach geworden und stolperten in den Flur. „Oh mann, Max, kannst du mal runterschrauben?", stöhnte Christoph. Doch er war Charlottes Freund nicht böse, er konnte seine Sorgen gut verstehen. „Komm' rein in die Küche, wir machen uns jetzt erst mal Frühstück und dann erzählen wir dir alles", sagte Sanne.

Nach einer halben Stunde saß Charlotte frisch geduscht und mit noch feuchten Haaren am gut gedeckten Frühstückstisch. Obwohl Max vor lauter Nervosität nicht mehr ruhig sitzen konnte und eigentlich keinen Kaffee mehr trinken sollte, hatte er bereits den dritten Latte Macchiato vor sich stehen. „Unfassbar, unfassbar", wiederholte er immer wieder, nachdem die drei anderen ihm abwechselnd die ganze Geschichte erzählt hatten. Dann sah Max wieder zu Charlotte. „Und jetzt, was passiert mit dieser Jessy?“, er sprach ihren Namen mit genau so viel Abscheu aus, wie Jessy am Vortag Sannes Namen betont hatte. „Keine Ahnung, heute wird sie erst mal vernommen. Dann werden wir ja sehen, was sie alles auf dem Kerbholz hat.“ Charlotte seufzte. Dann fiel ihr plötzlich ein, was Max noch während der Verlobungsfeier gesagt hatte. Er hatte ja angekündigt, hetero zu werden, falls Jessy mit ihrer angeblichen App reich werden sollte. „Immerhin hättest du ja fast für eine Mörderin das Ufer gewechselt!“, feixte sie. Als sie Max‘ empörte Miene sah, wurde sie wieder ernst. „Ok, dann eben kein Spaß auf deine Kosten. Ich fahr‘ nachher jedenfalls ins Präsidium und darf bei ihrer Vernehmung dabei sein.“ Max riss die Augen auf. „Echt, das willst du dir antun?“ Charlotte nickte nachdenklich. „Ja, doch, zum einen, damit ich damit abschließen kann. Und zum anderen... brauch‘ ich das ja auch für meine Reportage.“ Bei ihren letzten Worten verzog sie ihre Lippen zu einem schiefen Lächeln. Richling wusste zwar noch nicht, was gestern passiert war. Aber spätestens sobald er es erfuhr, würde er alle Hebel daran setzen, dass Charlotte jede Info mitnahm, die sie bekommen konnte. Charlotte schob den Gedanken noch etwas von sich, ihren Chef anrufen zu müssen. Das konnte sie auf dem Weg ins Präsidium immer noch machen. Sanne sah jetzt auf die Uhr. „Wann geht’s los?“, fragte sie Charlotte. „Um 10 Uhr“, antwortete sie. Max sprang auf. „Na dann nix wie ab ins Bad meine Liebe, ich zauber‘ dich jetzt richtig schön. Dann kannst du dieser Jessy noch mal richtig eins mitgeben, wenn sie sieht wie fabulous du aussiehst und sie selber bis zum Sankt Nimmerleinstag Knast-Outfits tragen muss!" Und während er bereits ins Bad sprintete, wollte Charlotte noch einwenden, dass sie Jessy wahrscheinlich nicht von Angesicht zu Angesicht gegenüber stehen würde. Andererseits hatte sie nichts dagegen, dass Max sie stylte. ‚Wer weiß, vielleicht sehe ich Kommissar Jankovich ja heute zum letzten Mal?' Sie hoffte es zwar nicht, aber... falls dem so war, wollte sie einen bestmöglichen, letzten Eindruck machen. Nachdem er sie gestern wieder in so schlimmem Zustand gesehen hatte. ‚Trotzdem hat er mich umarmt', dachte Charlotte trotzig und fühlte sich für einen Augenblick in die unwirkliche Szene des gestrigen Abends zurückversetzt. Doch dann wischte sie den Gedanken schnell beiseite, als Max aus dem Bad nach ihr rief. Sie sah zu Sanne und Christoph hinüber. „Und was macht ihr heute?" Beide hatten sich angesichts der vergangenen Ereignisse für heute frei genommen. Sanne und Christoph tauschten einen nervösen Blick, und Sanne holte bereits Luft, um etwas zu sagen. Doch Christoph unterbrach sie und sagte: „Jetzt nicht. Jetzt lass' du dich erst mal schön machen und wir holen dich dann nach der Vernehmung beim Präsidium ab." Charlotte zog irritiert die Augenbrauen zusammen und wollte schon nachhaken, warum die beiden so geheimnisvoll taten. Doch als Max erneut nach ihr rief, schüttelte sie nur leicht den Kopf und sagte: „Ok, dann bis später."

Kapitel 25

Es klopfte an Jankovichs Tür. „Herein“, rief er. Langsam und zaghaft öffnete sich die Tür, so dass Jankovich bereits wusste, wer eintreten würde, noch bevor er sie sah. Als er sie dann erblickte, verharrte er für eine Sekunde in seiner Bewegung. Charlotte sah zauberhaft aus. Ihr Haar war zu einem weichen, französischen Zopf geflochten, aus dem einzelne Strähnen ihr Gesicht umspielten. Die Augen waren ausdrucksstark geschminkt, ohne überladen zu wirken und der Lipgloss passte sehr gut zu dem dunkelroten Wickelkleid, das sie heute trug. Die blauen Flecken am Hals waren durch eine Schicht Concealer kaum zu sehen. Charlotte lächelte zaghaft und trat in den Raum, blieb jedoch in der Nähe der Tür stehen. Jankovich räusperte sich und wandte den Blick von ihr ab. Dann griff er nach dem Ordner auf seinem Schreibtisch, sah auf seine Armbanduhr und sagte: „Pünktlich, pünktlich. Dann können wir ja loslegen. Sie kennen das ja mittlerweile“, dabei lächelte er sanft, während er auf sie zulief. Als er auf ihrer Höhe war, blieb er dicht vor ihr stehen. Sein Blick blieb an den Pflastern an ihrem Arm hängen, mit denen sie die tieferen Schrammen des gestrigen Sturzes versorgt hatte. Charlotte konnte dunkle Schatten unter seinen blauen Augen erkennen, und auf seinem Kinn zeigten sich dunkelblonde Bartstoppeln. Jankovich hob seinen Blick und sah ihr in die Augen, dann nickte er leicht. „Los geht’s“, sagte er leise. Dann griff er neben sie, um die Tür zu öffnen und trat als erster hindurch. „Sie sehen müde aus“, entfuhr es Charlotte, während sie den Gang zum Aufzug liefen. Jankovich nickte und sagte: „Ja, ich habe sozusagen eine Recherche-

Nachtschicht eingelegt. Und die Kollegen von der Kriminaltechnik auch. Aber es hat sich gelohnt.“ Dabei klopfte er mit der freien Hand auf den Ordner. Sie blieben vor den Aufzugtüren stehen und Jankovichs Lächeln wurde breiter. Charlotte fragte sich, ob es angemessen war, vor einer Vernehmung so gut gelaunt zu sein.

Jessica Brecht saß mit verschränkten Armen am Tisch des Vernehmungsraumes. Ihr Blick war starr zu Boden gerichtet. An ihrem Hinterkopf war ein kleiner Verband angebracht, der mithilfe von Gaze-Binden um ihren Kopf befestigt war. Heute Morgen hatte Charlotte noch nicht gewusst, wie sie beim erneuten Anblick der Person reagieren würde, die ihren Tod gestern noch billigend in Kauf genommen hatte. Unter anderen Umständen hätte Charlotte mit einer verletzten Person Mitleid gehabt, doch jetzt, als sie Jessy durch den venezianischen Spiegel hindurch beobachtete, spürte sie nur Wut. Schwer atmend stand Charlotte an der Scheibe, als würde sie noch einmal die bedrohliche Situation von gestern durchleben. Sie spürte, wie ihr Herz schwer gegen ihren Brustkorb hämmerte. In den Vernehmungsraum traten nun Jankovich und Specht, und obwohl keiner von ihnen Charlotte durch die Scheibe sehen konnte, warf Jankovich beim Gehen einen Blick in den Spiegel. Als ahnte er, wo sie stand, sah Jankovich nur wenige Zentimeter an ihrem Gesicht vorbei direkt in ihre Richtung. Unter dem beinahe milden Blick Jankovichs bemerkte Charlotte, dass sie ihre Hände zu Fäusten geballt hatte. Daraufhin lockerte sie ihre Hände wieder und atmete tief durch, um sich zu beruhigen. Nebenan setzten sich beide Kommissare an den Tisch und kehrten dem Spiegel dabei den Rücken. Ihnen gegenüber saß ein untersetzter und schmaler Anwalt neben Jessy, dessen wenige Haare sich in einem sorgfältigen Kranz um die Halbglatze legten. Der Mann wirkte nervös, tat jedoch sein Bestes, um so kompetent wie möglich zu wirken. Jankovich klärte Jessy über ihren Status als Beschuldigte auf und verkündete, dass ihr Gespräch aufgezeichnet würde. Specht lehnte sich zurück und machte damit deutlich, dass er bei der Vernehmung den Part des Zuhörens übernehmen würde. Dann begann Jankovich die Vernehmung. „Frau Brecht, fangen wir mit dem an, was wir sicher wissen. Sie haben gestern versucht, eine Zivilistin anzugreifen und haben ihr körperliche Gewalt angedroht. Wie erklären Sie das?" Jessy hatte während seiner Frage den Blick nicht vom Boden erhoben. Mit einem bitteren Lachen hob sie an: „Diese kleine Schlampe...", doch schon hatte ihr Anwalt die Hand gehoben und intervenierte: „Bitte Frau Brecht, bewahren Sie die Contenance, es schadet Ihnen mehr als es Ihnen nutzt, wenn Sie sich so ausdrücken." Ohne den Blick zu heben, atmete Jessy durch, als würde es sie körperlich anstrengen, nicht ausfällig zu werden, und fuhr dann fort: „Die Schwester von Sanne stand gestern ohne Vorankündigung an meiner Tür und hat dann in meiner Garage rumgeschnüffelt. Ich mag es nun mal nicht, wenn meine Privatsachen von Fremden durchwühlt werden." Charlotte merkte, wie sie hinter der Scheibe wieder ihre Fäuste ballte. ‚So kann man die Wahrheit auch verzerren', dachte sie wütend. Doch sie konnte sich darauf verlassen, dass Jankovich Jessy auf den Boden der Tatsachen zurückholte. Der Kommissar erwiderte gelassen: „Frau Brecht, Ihre Aussage steht gegen die von Frau Bienert. Zwar decken Sie sich in dem Punkt, dass Frau Bienert unangekündigt vor Ihrer Tür stand, aber das war es auch schon. Wenn ich Sie erinnern darf, eskalierte die Situation offenbar“, jetzt tat Jankovich so, als würde er in der Akte, die vor ihm auf dem Tisch lag, etwas nachlesen, „nachdem Frau Bienert Sie auf die Tierpfleger-Kleidung angesprochen hat, die sich in Ihrer Garage befand. Diese haben wir mittlerweile natürlich sichergestellt. Jetzt müssen Sie mir die Frage erlauben, wem diese Kleidungsstücke gehören.“ Die rothaarige Frau zuckte mit den Schultern, hob den Blick aber immer noch nicht an. „Keine Ahnung wie die in meine Garage gekommen sind.“ Jankovich lehnte sich auf dem Tisch nach vorne. In seiner Stimme lag immer noch eine Gelassenheit, für die Charlotte ihn nur bewundern konnte. „Wir haben die Kleidung nicht nur sichergestellt, sondern natürlich auch schon untersuchen lassen. Einige wenige Haut- und Haar-Partikel konnten wir daran feststellen. Natürlich braucht die DNA-Analyse noch ein bisschen Zeit, aber ich bin mir sicher, dass es sich dabei um Spuren von Konstantin Brechnow handelt.“ Jetzt bröckelte etwas an Jessys Fassade. Doch sie bemühte sich, den Schein der Unantastbaren zu wahren. „Brechnow? Nie gehört. Wer soll das sein?“ Jankovich atmete tief durch, und er begann, wohldosiert seine Genervtheit aufblitzen zu lassen. „Das ist der Mann, der sich für Ihre Halbschwester Ulrike Sandner interessiert hat. Das ist der Mann, der bei der Krankenkasse Ihrer Halbschwester nach ihrem Verbleib gefragt hat. Das ist der Mann, der die Firma Ihres Vaters gehackt hat. Warum, wissen wir zugegebenermaßen nicht.“ Jankovich machte eine Pause, nur um dann nachzusetzen. „Noch nicht. Das ist eine Frage der Zeit. Ebenso ist es eine Frage der Zeit, bis meine Kollegen von der Kriminaltechnik Ihren Rechner auseinandergenommen haben. Aber eines haben meine Kollegen schon festgestellt.“ Er presste seine Hände zusammen und deutete mit den Fingerspitzen auf Jessica Brecht. „Sie haben es drauf. Das, was Sie an Equipment und Software haben, hat meine Kollegen wirklich beeindruckt. Und ich bin mir sicher, wären Sie vorgewarnt gewesen, hätten Sie sämtliches Material, das Sie belasten könnte, unwiederbringlich gelöscht. Nur blöd, dass Frau Bienert bei Ihnen geklingelt hat.“ Er verstummte und der schmächtige Anwalt meldete sich zu Wort. „Alles nur Spekulation, das tut doch nichts zur Sache.“ Jankovich wechselte einen Blick mit Specht und hob dann erneut an. „Kommen wir doch wieder zu den Tierpfleger-Kleidungsstücken zurück. An der Kleidung konnten auch Blutspuren sichergestellt werden.“ Jessy lachte verächtlich, dabei rollte sie die Augen, doch wieder blickte sie dem Kommissar nicht ins Gesicht. „Na und, das sind Tierpfleger-Klamotten, da sind bestimmt auch noch zig andere Spuren dran.“ Wieder erwiderte Jankovich in gelassenem Tonfall: „Natürlich, da haben Sie vollkommen recht. Aber – eben diese Blutspuren, die an der Kleidung in Ihrer Garage festgestellt wurden – konnten eindeutig als menschliches Blut identifiziert werden. Und ein erster Blutgruppentest hat auch schon ergeben, dass es sich um die Blutgruppe B positiv handelt.“ Wieder setzte Jankovich eine wohldosierte Pause, bevor er fortfuhr. „Und da Ulrike Sandners Name so häufig in diesen Ermittlungen auftaucht, haben wir uns natürlich mittlerweile ihre Krankenakte besorgt. Frau Sandners Blutgruppe ist ebenfalls B positiv.“ Jessy zuckte nur mit den Schultern. „Ja, und? Warum sollte mich das interessieren?“, fragte sie und bemühte sich um einen gleichgültigen Tonfall. Offenbar dachte Jessy tatsächlich immer noch, dass man ihr nichts anhaben konnte. Jankovich lehnte sich jetzt wieder in seinem Stuhl zurück und legte seine gefalteten Hände auf den Tisch. Charlotte konnte hören, wie Jankovichs Stimme härter wurde. „Und, was ich noch nicht erwähnt habe: In diesen *Wilhelma*-Klamotten steht auch noch der Name Ihrer Schwester auf dem Etikett. Ist nicht ganz einfach zu sehen, zugegeben, da die Schrift nach dem vielen Waschen so gut wie verschwunden war. Aber unter Schwarzlicht war es noch eindeutig zu erkennen. Wahrscheinlich haben Sie es nicht bemerkt. Aber: Das macht das Ganze natürlich mehr als unglaubhaft, dass Sie nicht wissen wollen, wie diese Kleidung in Ihre Garage kommt.“ In Jessys Gesicht vollzog sich eine Wandlung. Charlotte konnte beinahe sehen, wie es fieberhaft hinter Jessys Stirn arbeitete. Doch statt Jessy sprach jetzt ihr Anwalt: „Wenn das die Kleidungsstücke von Ulrike Sandner sind, dann ist es ja nicht weiter befremdlich, dass auch Blutspuren von ihr daran sind.“ Der Anwalt hatte mehr Übung darin, sich schnell auf neue Umstände einzustellen. Er spannte den Faden sofort weiter. „Und überhaupt: Was ist, wenn Frau Sandner Konstantin Brechnow umgebracht hat? Was ist, wenn sie die Klamotten in der Garage ihrer Halbschwester versteckt hat und untergetaucht ist?“ Er warf einen triumphierenden Blick zwischen den Kommissaren hin und her. Jankovich tauschte erneut einen Blick mit Specht. Charlotte konnte an Spechts Profil erkennen, wie er genervt mit den Augen rollte. Dann sah Jankovich den Anwalt an. „Das ist natürlich möglich. Allerdings: Wir haben in der Garage Ihrer

Mandantin noch andere Dinge gefunden. Und die erhärten den Verdacht, dass sie eine Mörderin ist." Jetzt warf der Anwalt Jessy einen beunruhigten Blick zu. Jankovich fuhr fort. „Sie haben ja gestern bereits erwähnt, dass Sie eine Kletterausrüstung haben." Charlotte lief es hinter dem venezianischen Spiegel eiskalt den Rücken runter. „Wissen Sie, wie viel Schaden so ein Haken anrichten kann?", hatte Jessy Jankovich gestern vor den Garagen gefragt, während Sie Charlotte im Würgegriff hatte. Jankovich erläuterte nun weiter: „Tja, im Moment gleichen unsere Kriminaltechniker die Kletterseile in Ihrer Garage mit dem Seil ab, mit dem Herr Brechnow erhängt wurde. Und sollte sich das ebenfalls als Match herausstellen, zusammen mit all den anderen Spuren, dann ist eine Verurteilung ziemlich sicher." Einen Augenblick schien es so, als würde Jessy nachgeben, doch dann schüttelte sie den Kopf. „Ich dachte, Susanne Bienert hat ihn umgebracht! Zumindest hat man doch ihr Haar an der Leiche gefunden!" Jankovichs Kopf zuckte leicht. Der Anwalt hatte bereits die Hand gehoben, um seine Mandantin zu bremsen, doch zu spät. „Das sind ja interessante Interna, die Sie kennen. Diese Info dürften Sie eigentlich gar nicht haben, Frau Brecht. Darf ich fragen, woher Sie das wissen?", fragte Jankovich scharf. Der Anwalt fuhr Jessy über den Mund, bevor sie etwas sagen konnte. „Meine Mandantin macht von ihrem Auskunftsverweigerungsrecht Gebrauch." Jankovichs Stimme wurde wieder freundlich. „Dann werde ich hier auch mal spekulieren. Vor einer knappen Woche fand eine Verlobungsparty in der Wohnung der Bienerts statt. Sie waren mindestens einmal im Bad der Schwestern. Frau Charlotte Bienert kann das bezeugen. Sie hätten also ohne

Probleme ein solches Haar aus der Bürste von Susanne Bienert entwenden können." Jessy zuckte nur mit den Schultern, und ihr Anwalt sagte überflüssigerweise: „Alles nur Vermutungen." „Ja, aber ich mach' das total gern", sagte Jankovich und seine Stimme hatte einen beinahe verschmitzten Tonfall. Fast musste auch Charlotte hinter der Scheibe schmunzeln. ‚So sieht es also aus, wenn er sich seiner Sache absolut sicher ist', dachte sie. Jankovich fügte hinzu: „Ich mach' gleich mal weiter. In der Wohnung war an diesem Abend auch ein Toni Schmieder. Ihr Freund, wenn ich es recht verstehe", sagte er und fixierte wieder Jessy. Diese schnaubte abschätzig und sagte: „Naja, Freund würde ich nicht wirklich sagen." In unbekümmertem Tonfall sagte Jankovich. „Ach naja, wir fragen ihn einfach selber, wie er das beschreiben würde. Wir haben ja schon ein bisschen mit ihm sprechen können. Genauer gesagt, haben wir ihn schon mal gebeten, seinen Rechner ein bisschen genauer zu untersuchen." Charlotte konnte schwören, dass Jessys Gesichtsfarbe etwas blasser wurde. „Also er hat was auf seinem Rechner gefunden, was da gar nicht hingehört. Einen Trojaner nämlich. Der, wenn man ihn willentlich – oder in Tonis Fall – unwillentlich, auf einem Rechner installiert, gefälschte Emails über diese IP-Adresse verschickt. Dieser Trojaner überträgt sich ja super einfach über jeden USB-Stick, den Toni von seinem auf einen anderen Rechner steckt. Wissen Sie, Toni hat sich sehr gewundert, wie diese Schädlingssoftware auf seinen Rechner gekommen ist. Und witzigerweise enthielt dieser Trojaner die Emails, die angeblich Susanne Bienert an Konstantin Brechnow geschickt hat. Verblüffend, finden Sie nicht? Glücklicherweise versteht Toni Schmieder ja auch etwas von diesem Zeug", fuhr Jankovich fort. „Und da konnte er feststellen, dass der Zeitpunkt, zu dem dieser Trojaner bei ihm installiert wurde, mit einem Treffen bei Ihnen in der Wohnung übereinstimmt." Jessy wurde jetzt eindeutig blass. „Das ist doch kein Beweis, den könnte ihm auch wer weiß wer installiert haben und das Installationsdatum gefälscht haben." Jessy reagierte schnell, das musste Charlotte ihr lassen. Doch nun holte Jankovich zum nächsten Schlag aus.

Und diesmal änderte er die Taktik. „Christoph Seiler ist ein attraktiver Mann, nicht wahr?" Jessy senkte den Blick wieder zu Boden. „Dumm nur, dass er mit Susanne Bienert liiert ist. Und jetzt sind sie auch noch verlobt. Wie ich gehört habe, ist Ihre Meinung zu Frau Bienert nicht die beste." Jessy biss sich auf die Lippen und atmete schwer durch, doch sie sagte kein Wort. Jankovich verfiel wieder in seinen Plauderton. „Also gut. Wir waren doch bei Spekulationen. Naja, solange, bis sie per DNA-Test bewiesen sind, nicht wahr. Also, ich habe eine Theorie. Sie korrigieren mich zum Schluss, wenn ich falsch liege." Jetzt stand Jankovich auf, und begann langsam den Raum auf und ab zu gehen. Dabei kreuzte er seine Hände hinter seinem Rücken. „Sie sind in Christoph Seiler verliebt. Sie gönnen Susanne Bienert nicht, ihn zu heiraten. Sie sind Erbin eines verdammt großen Vermögens, aber das soll keiner wissen. Und auch nicht, dass Sie sich nicht nur mit der Hälfte des Vermögens abgeben wollen. Sie wollen alles. Die ganzen 1,5 Millionen. Damit sich keiner über Ihren plötzlichen Reichtum wundert, streuen Sie schon mal das Gerücht, eine wahnsinnig erfolgreiche App zu programmieren, die

Sie demnächst steinreich machen wird." Jankovich pausierte und machte auf dem Absatz kehrt. „Damit Sie nicht teilen müssen, muss Ihre Halbschwester natürlich weg. Wissen Sie, es ist schon komisch. In dieser ganzen Ermittlung taucht immer wieder der Name Ulrike Sandner auf. Aber gleichzeitig ist Ulrike Sandner die einzige Person, die wir nicht zu fassen kriegen. Sie verschwindet nach dem Tod ihres Vaters spurlos." Jankovich blieb stehen. Jessy hatte den Kopf von ihm weggedreht und starrte jetzt unablässig an die Wand neben sich. Doch sie protestierte nicht. Sie schien wie gebannt darauf zu warten, worauf der Kommissar aus war. Jankovich setzte sich wieder in Bewegung. „Doch blöderweise geht Ihr Plan nicht auf. Nicht jeder akzeptiert Ulrike Sandners Verschwinden so einfach. Konstantin Brechnow zum Beispiel. Er beginnt, selbst nach ihr zu suchen. Schreibt sogar die Krankenkasse von Ulrike Sandner an, um herauszubekommen, in welcher Rehaklinik sie sich befindet. Dort erfährt er aber nichts. Aber: Brechnow ist schließlich nicht blöd, ihm stehen noch andere Wege offen. Er ist ein Hacker. Besser gesagt, er war es. Er muss irgendwie erfahren haben, dass Sie die Halbschwester von Ulrike Sandner sind. Also hat er nach ihrem Verschwinden versucht, auf Ihren Rechner zuzugreifen. Doch das war sein Pech, nicht wahr? Denn dadurch sind Sie auf ihn aufmerksam geworden. Schließlich sind Sie besser als er. Sie haben doch bestimmt irgendein Sicherheitssystem, das Alarm schlägt, wenn Ihre Firewall oder was auch immer gehackt wird. Sie haben in dem Moment schnell realisiert, welche Gefahr von diesem Mann ausging." Jessy drehte den Kopf nun wieder in seine Richtung und zog die Mundwinkel nach unten. Tonlos sagte sie: „Das ist doch lächerlich. Davon ist kein Wort wahr." Jankovich fuhr unbeirrt fort. „Brechnow findet heraus, dass Sie die zweite Erbin des Vermögens von Rudolph Sandner sind und fragt sich, in welchem Zusammenhang das mit dem Verschwinden von Ulrike Sandner steht." Jankovich war wieder am Tisch angekommen und stand jetzt dicht bei Jessy. Er sagte ihr auf den Kopf zu: „Was liegt da näher, als zwei Fliegen mit einer Klappe zu schlagen? Konstantin Brechnow töten, und es anschließend der unliebsamen Konkurrentin Sanne Bienert in die Schuhe schieben?" Jessica Brecht schnaubte und schien ihre Stimme wiedergefunden zu haben: „Sie vergessen etwas: Was mache ich denn, wenn Ulrike wieder auftaucht?" Jankovichs Miene verdüsterte sich und er fixierte Jessy mit einem unnachgiebigen Blick. „Irgendetwas sagt mir, dass sie nicht wieder auftauchen wird. Und da Sie seit langer Zeit planen, das gesamte Vermögen Ihres Vaters zu erben, passt dazu auch Folgendes." Jankovich lief an die Tischseite von Hubert Specht, beugte seinen langen Oberkörper darüber und blätterte wieder in dem Ordner. „Sie haben Ihren Vornamen mithilfe eines psychologischen Gutachtens ändern lassen. So weit so gut. Anderer Vorname, anderer Nachname, wer kommt da so schnell drauf, dass Sie ebenfalls Erbin des Vermögens von Rudolph Sandner sind? Interessant finde ich ja den Zeitpunkt, zu dem dieses psychologische Gutachten erstellt wurde. Nämlich just dann, als Ihr Vater an unheilbarem Krebs erkrankte. Vor ein paar Jahren, im März 2011. Als es also nur noch eine Frage der Zeit war, wann mit seinem Tod zu rechnen war. Wer weiß, ob Sie es geschafft haben, einen Psychologen davon zu überzeugen, dass Sie diese Namensänderung wirklich wollen. Oder ob Sie dieses Gutachten selber gefälscht haben. Das finden wir auch noch raus." Jetzt schaltete sich Specht ein, und Jankovich setzte sich wieder neben seinen Kollegen. „Was mich viel mehr interessiert, ist, wo Ulrike Sandner jetzt ist. Wo ist Ihre Schwester, Frau Brecht?" Jessy schüttelte den Kopf. „Keine Ahnung. Ich weiß nicht, was Sie von mir wollen", sagte sie tonlos. „Und es ist mir auch egal, wo sie ist. Sie kann mir gestohlen bleiben."

Jankovich spürte, dass Jessy kurz davor war, sich zu verraten. Zwar waren die Beweise, wenn sie die Kriminaltechnik lieferte, hieb- und stichfest. Doch Jankovich wollte ein Geständnis. Er wollte, dass Jessy zugab, was sie getan hatte. Also beschloss er, sie weiter zu provozieren. „Sanne wird niemals für diesen Mord vor Gericht stehen. Sie und Christoph werden heiraten. In weniger als einem Tag wissen wir, dass alle Spuren zu Ihnen führen. Alle. Wir können das Ganze auch einfach um einen Tag vertagen und sitzen morgen wieder so beisammen. Es gibt absolut keine Möglichkeit, Ihren Hals aus der Schlinge zu ziehen. Wenn Sie es waren, dann finden wir es heraus. Und ich weiß, dass Sie es waren." Dann kam ihm wieder Jessys Satz von eben in den Sinn. „Sie kann mir gestohlen bleiben." Etwas in Jankovich sagte ihm, dass hier Jessys wunder Punkt war. Wer sprach so von seiner eigenen Schwester? Er holte Luft um einen weiteren Treffer zu landen. „Und Ihre Schwester ist der blonde Engel, der in den Medien als das Opfer einer grausamen und geldsüchtigen Mörderin glorifiziert wird. Ihren gut durchdachten Plan wird niemand würdigen. Niemand wird erkennen, wie schlau Sie eigentlich sind.

Aber Ihre Schwester werden alle lieben. Sie ist das unschuldige Opfer."

Es war, als hätte Jankovich Jessy ins Gesicht geschlagen. Sie hob den Blick, und der pure Hass war darin, als sie ihn das erste Mal ansah. Jankovich konnte Tränen der Wut in ihren Augen funkeln sehen. Der Anwalt hatte beide Hände erhoben und wollte soeben gegen Jankovichs Verhörmethode protestieren, doch es war zu spät. Jessy begann zu zittern, und mit zusammengepressten Zähnen zischte sie leise: „Ich war immer nur das kleine, uneheliche Balg. Das der eigene Vater nicht wollte. Das kein Mann will. Außer so ein fetter Waschlappen wie Toni." Jankovich beugte sich nach vorne, Jessy entgegen. Endlich hatte er sie. „Ich war die ewig Zweitplatzierte, die nicht mal denselben Nachnamen kriegt wie ihr scheiß Erzeuger. Nicht mal bei ihrer Beerdigung war das Arschloch, als meine Mutter gestorben ist, verdammt noch mal. Und da war ich noch ein Kind. Da hat es auch keine Sau interessiert, und ihn am allerwenigsten. Welches Arschloch lässt denn bitte sein eigenes Kind im Stich, wenn die Mutter stirbt?" Sie war jetzt lauter geworden, und mit dem Zeigefinger ihrer rechten Hand stieß sie vehement auf die Tischplatte. „Es steht mir zu, das verdammte Scheißgeld. Und zwar nur mir allein! Ulrike war immer das offizielle goldlockige Engelchen unseres Vaters. Sie durfte denselben Namen tragen. Als ihre Mutter starb, war der Herr Sandner natürlich für Ulrike da. Sie hatte ihr ganzes scheiß Leben einen Vater", stieß sie verächtlich hervor. „Und wie sie geheult hat, als der alte Sack endlich tot war. Als ob es um den schade wäre. Ausgerechnet bei mir hat sie sich ausgeheult. Hat sich angestellt wie das letzte Mädchen, als ob sie die Einzige wäre, die Schmerzen durchleidet. Dabei hatte der alte Sack ein langes Leben, sie hat genug Zeit mit ihm verbringen können. Und wenn er dann mal abkratzt, wenn halt alle Eltern mal abkratzen, dann braucht das Fräulein Sandner aber erst mal eine exklusive Rehakur. Natürlich, die brauchen wir doch alle, wenn nach 70 Jahren der elterliche Arsch zuschnappt", wie bittere Galle stieß sie diese Worte aus. „Aber ich habe es verdammt noch mal verdient, alles zu bekommen. Jeden Scheiß Cent. Als Entschädigung dafür, dass ich in meinem Leben alleine war. Und mit 12 in eine scheiß Pflegefamilie gekommen bin." Jetzt stieß Jessy mit dem Zeigefinger nicht mehr auf die Tischplatte, sondern sich selbst vor die Brust. „Ich bin die Clevere von uns beiden. Und sie... sie war nur eine dumme kleine Tierpflegerin. Kann Kacke vom Boden kratzen und Heu hinterherwerfen. Großartige Leistung", höhnte Jessy. Dann verzog sie das Gesicht zu einem gefälschten Bedauern. „Und es ist nun mal so. Damit ich bekomme, was mir zusteht, musste Ulrike verschwinden."

Im Nebenraum hämmerte Charlottes Herz wie wild. Unglaublich, wie viel Hass diese Frau in sich trug. Und wie gut sie ihn bisher offenbar verborgen hatte. Alle im Vernehmungsraum schwiegen jetzt. Der Anwalt hatte offenbar alle Felle davonschwimmen sehen und bemühte sich nicht einmal mehr, noch irgendetwas zu unternehmen. Nach einigen Sekunden räusperte sich Specht und fragte: „Aber... Ulrike Sandner hätte ja nicht ewig verschollen bleiben können. Sie wäre ja erst nach 10 Jahren für tot erklärt worden. Hätten Sie wirklich so lange auf ihren Anteil gewartet?" Jessy schnaubte verächtlich. „Natürlich nicht, was denken Sie denn? Sie wäre früher oder später wieder aufgetaucht. Naja, ihr Name zumindest. Irgendein Flugzeug wird schon abstürzen. Dieses Jahr, spätestens nächstes Jahr. Und dann landet ihr Name auf der Passagierliste. Große Trauer, Ulrike Sandner ist offiziell tot. Und ich bin noch reicher." Die Tatsache, dass sie nicht im Konjunktiv sprach, irritierte Charlotte. Glaubte Jessy etwa immer noch, alles wie geplant durchziehen zu können? Jankovichs Kopf war unverwandt auf Jessy gerichtet. Zu Charlottes Überraschung sprach der Kommissar erneut mit beinahe sanfter Stimme. „Wo ist Ihre Schwester, Frau Brecht? Wo ist die Leiche von Ulrike Sandner?" Ein grausamer Zug umspielte Jessys Gesicht. Jetzt beugte auch sie sich vor, und während sie leise sprach, konnte Charlotte den hasserfüllten und gleichzeitig triumphierenden Gesichtsausdruck von Jessy erkennen. Und was sie sagte, ließ Charlotte sämtliche Haare zu Berge stehen. „Sie können Sie nicht finden. Es ist nichts mehr von ihr übrig." Und in die entsetzte Stille im Raum fragte Jessy. „Kennen Sie diese großen, schweren Landschweine in der *Wilhelma*? Schweine sind Allesfresser, müssen Sie wissen."

Um Fassung ringend stammelte Jankovich: „W... wollen Sie damit sagen…", er schluckte. „Sie haben Ihre Schwester an Tiere verfüttert?" Auch der Anwalt war kreidebleich geworden. Eine irrwitzige Sekunde lang dachte Charlotte, er würde vom Stuhl kippen. Doch dann drang auch in ihrem Kopf die Bedeutung dessen durch, was Jessy soeben gesagt hatte. „Schweine sind Allesfresser." ‚Oh mein Gott. Oh mein Gott!', dachte Charlotte. Zu mehr war ihr Gehirn im Moment nicht fähig. Im Vernehmungsraum atmete Jessy tief durch, und sie lehnte sich wieder in ihrem Stuhl zurück. Mit einem endgültigen Gesichtsausdruck verschränkte sie langsam die Arme vor der Brust.

Kapitel 26

Nachdem Jessy zugegeben hatte, Ulrike Sandner ermordet und buchstäblich den Tieren zum Fraß vorgeworfen zu haben, brachen alle weiteren Dämme. Sie erzählte, dass sie ihre Schwester schon drei Wochen zuvor umgebracht hatte. Seit ihrer Kindheit hatte Jessy nicht verkraftet, das uneheliche Kind eines reichen Mannes zu sein, der nur zu seiner ehelichen Tochter stand. Jessy selbst war das Ergebnis einer flüchtigen Affäre von Rudolph Sandner mit Jessys Mutter, einer damaligen Stewardess. Ihren Vater hatte Jessy nie kennen gelernt und Jessys Mutter hatte auch nie versucht, Ansprüche an Rudolph Sandner zu stellen. Rudolph Sandner wusste allerdings von Jessy, doch da ihre Mutter keinen Unterhalt von ihm wollte, war es ihm damals nur recht gewesen, sich nicht um Jessy oder ihre Mutter kümmern zu müssen. Über die Jahre wuchs der Hass und der Neid von Jessy auf Ulrike Sandner, von deren Existenz sie seit jeher wusste. Besonders nach dem Tod der Mutter und der Vermittlung in eine Pflegefamilie steigerte sich Jessys Missgunst auf die Halbschwester ins Unermessliche. Und als Jessy von der tödlichen Erkrankung ihres Erzeugers erfuhr, fasste sie den Plan, sein gesamtes Erbe einzustreichen. Sie wusste, dass sie als leibliche Tochter den Pflichtanteil des Vaters erhalten würde. Und wenn sie das Erbe nicht mehr mit Ulrike Sandner teilen müsste, fiele ihr alles zu.

Ulrike Sandner wusste ihrerseits lange nichts von Jessy. Sie erfuhr erst von ihr, nachdem Rudolph Sandner ihr auf seinem Totenbett von seiner zweiten Tochter erzählt hatte.

So hatte Ulrike nach dem Tod des Vaters versucht, Kontakt zu Jessy aufzunehmen. Und Jessy hatte darin die ideale Gelegenheit erkannt, ihren mörderischen Plan durchzuführen. Sie lud Ulrike zu sich in die Wohnung ein. Und als Ulrike Sandner vor etwa 3 Wochen bei Jessy zuhause war, um über den Tod ihres gemeinsamen Vaters zu trauern, hatte Jessy sie eiskalt erschlagen. Sie entwendete Auto- und Wohnungsschlüssel von Ulrike Sandner und fuhr mit deren Wagen in die Wohnung ihrer toten Schwester. Dort wollte sie sich für ihr weiteres Vorhaben ein Tierpfleger-Outfit holen. Anschließend war Jessy nachts mit Ulrike Sandners Wagen – und deren Leiche im Kofferraum – in den Zoo gefahren. Jessy hatte die Schlüssel ihrer Schwester verwendet, um in den Zoo zu kommen. Dank der schwachen Nacht-Beleuchtung im Zoo gelangte Jessy ungesehen bis zum Schweinestall, wo sie sich ihrer Schwester entledigen wollte. Dabei spielte ihr in die Hände, dass der Nebeneingang, über den sie den Zoo betreten hatte, in unmittelbarer Nähe des Schweinestalls lag. Durch den kurzen Weg war das Risiko gering, entdeckt zu werden. Zur Tarnung hatte Jessy ohnehin die Arbeitskleidung von Ulrike Sandner angezogen und ihre roten Haare unter einem Basecap verborgen. So würde sie jeder von weitem als Tierpflegerin einstufen. Jessy brachte Ulrike zum Stall der Landschweine – als geübte Kletterin hatte sie ausreichend Kraft und Ausdauer, um das zu erledigen. Nachdem sie den toten Körper vor die verwirrten Tiere abgelegt hatte, hatte sie Laktulose-Sirup über ihren Leichnam gegossen. Damit sollte die Fresslust der Tiere gesteigert werden. Und es klappte. Offenbar hatten die Tiere, obwohl sie trotz regelmäßiger Fütterung gut genährt waren, ausreichend Appetit. Nachdem Jessy sichergehen konnte, dass keine Überreste von Ulrike Sandner mehr auffindbar wären, hatte sie den Stall verlassen. Sie entsorgte den Wagen ihrer Schwester bei einem nahegelegenen Schrotthändler, nachdem sie die Nummernschilder entfernt und den Wagen gründlich abgewischt hatte.

Ein paar Tage später begab sich Jessy nach Glottertal, in den Kurort, wo Ulrike Sandner eigentlich einen Tag nach ihrer Ermordung ihre Reha antreten wollte. Davon hatte sie Jessy noch bei ihrem Besuch erzählt. Das spielte Jessy in die Hände, denn sie hatte ohnehin geplant, Ulrike Sandner noch etwas länger lebendig scheinen zu lassen, bis sie schließlich offiziell zu Tode kommen sollte. Jessy warf eine selbst geschriebene Postkarte an den Zoodirektor Robertin in einen Briefkasten in Glottertal und fuhr anschließend zurück nach Stuttgart. Sie hatte geplant, noch weitere gefälschte Spuren zu hinterlassen, wie beispielsweise Kreditkartenabbuchungen im Ausland. Sobald dann genug Zeit verstrichen wäre, hätte Jessy Ulrikes Namen auf irgendeiner Todesliste auftauchen lassen. Eigentlich wollte Jessy lediglich abwarten und ihren Plan etappenweise durchführen. Doch dann kam ihr Konstantin Brechnow in die Quere. Der Kollege von Ulrike hatte sich nicht damit abgefunden, dass sie einfach so verschwunden war, und hatte auf verschiedenen Wegen Nachforschungen angestellt. So hatte er sich auch bei der Krankenkasse von Ulrike Sandner nach ihrem Verbleib erkundigt. Noch zu Ulrikes Lebzeiten hatte Brechnow die Firewall der Firma von Rudolph Sandner umgangen, um mehr über Ulrikes Familiengeschichte herauszufinden. Da er bei dieser Gelegenheit auch

Zugriff auf die privaten Daten auf Herrn Sandners Rechner hatte, war er auch auf Jessys Namen gestoßen. Doch damals spielte ihr Name noch keine Rolle für Brechnow. Nach Ulrike Sandners Verschwinden war Konstantin dann wieder eingefallen, dass er Jessys Namen in Rudolph Sandners Rechner entdeckt hatte. Zunächst hatte er wohl darauf gehofft, von Jessy etwas über Ulrikes Verschwinden zu erfahren. Doch sämtliche Anrufe oder Briefe hatte Jessy abgeblockt. Erst als er daraufhin versuchte, Jessys Rechner zu attackieren, klingelten bei Jessy die Alarmglocken. Ihre Warnsysteme hatten – wie Jankovich vermutet hatte – einen unbefugten Zugriff gemeldet. Jessy hatte die Spuren, die der Hackerangriff hinterlassen hatte, zurückverfolgt. So hatte Jessy wiederum Nachforschungen zu Konstantin Brechnow angestellt. Sobald sie seine Suchverläufe ausgewertet hatte, hatte sie erkannt, welche Gefahr von ihm ausging: Er hätte sie auffliegen lassen können. Er hätte Fragen stellen können, wieso ihre Schwester ausgerechnet nach dem Tod des gemeinsamen Vaters verschwunden war. Er hätte Vermutungen äußern können, dass Jessy etwas mit dem Verschwinden von Ulrike Sandner zu tun haben konnte, um das Erbe ganz für sich zu haben. Also hatte Jessy beschlossen, Brechnow umzubringen.

In Jessys Plan wäre sie selbst nie als Verdächtige am Mord von Konstantin Brechnow in Frage gekommen, weil nie eine direkte Verbindung zwischen ihnen beiden bestand. Wie ein Geschenk des Himmels war es ihr erschienen, dass sie ihrer Konkurrentin Sanne diesen Mord in die Schuhe schieben konnte. Denn wie Jankovich vermutet hatte, hegte Jessy starke Gefühle für Christoph. Sie hatte tatsächlich geglaubt, Sanne als Freundin ersetzen zu können, wenn sie erst einmal im Gefängnis wäre. Um Christoph früh an sich zu binden, hatte sie ihre geplante Begründung für den baldigen Reichtum eingesetzt: Das Märchen über die App. Sie hatte Christoph erfolgreich weisgemacht, seine Hilfe dafür zu benötigen. Natürlich hätte Jessy eine solche Anwendung jederzeit selbst programmieren können. Doch sie hielt ihr Know-How bewusst zurück, um Christoph für sich einspannen zu können. So konnte sie Zeit mit ihm verbringen, während er ihr dabei half, ihre App zu entwickeln. Und als ihr Arbeitskollege Toni eher nebenbei erzählt hatte, er solle bei der Verlobungsparty die Lieblingslieder von Sannes Rechner ziehen, erkannte Jessy eine weitere Möglichkeit, belastende Beweise gegen Sanne zu schaffen. Jessy machte dem schüchternen ITler Toni kurzerhand Avancen, auf die er sich bereitwillig einließ. So konnte sie auf seinem Rechner den Trojaner installieren, den er bei der Verlobungsfeier auf Sannes Rechner installieren sollte. Zwar hätte Jessy auch online auf Sannes Rechner zugreifen können. Doch einerseits hatte Sanne dank Christoph eine sehr gute Firewall. Und andererseits erschien es Jessy besser, keine direkte Verbindung zwischen ihren beiden IP-Adressen herzustellen. Sobald Jessy die gefälschten Liebes-Emails dank Tonis unwissentlicher Hilfe auf Sannes Rechner platziert hatte, musste sie nur noch ein Haar aus dem Bienertschen Bad entwenden. Zusammen mit dem gefälschten Abschiedsbrief an Sanne hatte sie eine vermeintlich hieb- und stichfeste Beweislage gegen Charlottes Schwester geschaffen. Sowohl bei der Postkarte als auch beim Abschiedsbrief war Jessy das Risiko eingegangen, sie selber zu schreiben. Sie hatte es für mehr als unwahrscheinlich gehalten, dass beide Schriftstücke auf ihre Authentizität überprüft werden würden. Sobald Jessy derlei vorbereitet war, war sie in der Nacht direkt nach der Verlobungsfeier zum Zoo gefahren. Wieder hatte sie die Tierpflegerkleidung ihrer toten Schwester angezogen. Sie wusste bereits, zu welchen Zeiten Brechnow üblicherweise arbeitete. Sie hatte dank ihrem eigenen Angriff auf Brechnows Rechner auslesen können, zu welchen Zeiten der Tierpfleger arbeiten musste. Und so schloss sie sich in der Mordnacht erneut mit Ulrike Sanders Schlüssel die Tür zum Zoo auf und lauerte Brechnow in den Umkleiden auf. Sie betäubte ihn von hinten. Daher hatte das Opfer auch keine Abwehrspuren oder andere Spuren unter seinen Nägeln. Anschließend schaffte Jessy den deutlich schwereren Brechnow mithilfe einer Schubkarre in die Futterküche, die Sanne am nächsten Morgen betreten sollte. Diesmal war der Weg, den sie mit dem Körper zurücklegen musste, länger. Doch sie hatte zur Tarnung Heu über Brechnow gestreut. Und auch in dieser Nacht hatte Jessy unverschämtes Glück: Keiner der anderen Tierpfleger aus der Nachtschicht sah sie. In der Futterküche der Gorillas stellte Jessy eine Leiter, die im Flur zur Futterküche gestanden war, in die Mitte des Raumes. Dort drehte sie mit behandschuhten Fingern einen Haken aus dem Baumarkt in die Decke. Dann zog Jessy mithilfe ihrer Kletterausrüstung den bewusstlosen Mann wie einen Kletterpartner über den Haken an die Decke. Nur, dass das Seil nicht über einen Karabiner an einem Klettergurt befestigt war. Sondern als Schlinge um Brechnows Hals. Nachdem ihr Opfer erstickt war, verknotete sie das Seil am Haken und schnitt das überschüssige Seil ab. Dann hinterließ

Jessy das Haar von Sanne an Brechnows Kleidung und legte den gefälschten Abschiedsbrief vor die Leiche auf den Boden. Anschließend stellte Jessy den Schemel mitsamt Kiste unter die Leiche, wohlbedacht dass Konstantins Socken die Kisten berührten, bevor sie die Kiste wieder entfernte. Es sollte so aussehen, als habe Sanne sich dieser Hilfe bedient, um Konstantin leichter an die Decke zu bekommen und um gleichzeitig einen Selbstmord zu inszenieren. Der sich bei genauem Hinsehen schnell als Mord entpuppen sollte: Nach Jessys Vorstellung hätte der Abschiedsbrief ohne Brechnows Fingerabdrücke daran und Sannes gefälschte Liebesnachrichten zu der Theorie geführt, dass Sanne ihren vermeintlichen Liebhaber nach ihrer Verlobung mit Christoph aus dem Weg räumen wollte, um ungestört heiraten zu können. Alle Spuren, Fotos und Suchverläufe, die dagegen zu Ulrike Sandner geführt hätten, hatte Jessy zuvor an Konstantin Brechnows Rechner gelöscht. Nachdem Jessy auch diesen Mord ohne Zwischenfälle ausgeübt hatte, war sie wieder nach Hause gefahren. Nun hätte sie eigentlich nur noch abwarten müssen. Doch dann hatte Charlotte ein paar Tage später an ihrer Tür geklingelt.

Jessica Brechts umfangreiches Geständnis dauerte etwa zwei Stunden. Immer wieder hakten die beiden Kommissare nach, wenn ihnen beim Tathergang noch ein Detail fehlte. Als Jessy von den Schweinen erzählte, rangen beide Männer sichtbar mit der Fassung. Während der ganzen Zeit hatte Charlotte wie gebannt hinter der Scheibe ausgeharrt und Jessy angestarrt, wobei ihr Blick ab und zu in Jankovichs Richtung wanderte. Schließlich, als sie ihre

Geschichte vollständig erzählt hatte, verstummte Jessy. Ihr Geständnis war beendet. Ermattet wechselten Jankovich und Specht einen Blick. Dann nickten sie einander zu und Specht stand auf, um den Beamten vor der Tür Bescheid zu geben, dass sie die Beschuldigte nun in Verwahrung nehmen konnten.

Kapitel 27

Als Jessy aus dem Vernehmungsraum abgeführt wurde, wirkte sie kraftlos. Von ihrem ablehnenden und überheblichen Gehabe war keine Spur mehr übrig. Offenbar hatte sie realisiert, dass ihr Plan nun endgültig gescheitert war. Und welche Konsequenz ihr nun bevorstand. Auch wenn sie immer noch Erbin des Vermögens war, nutzte ihr das Geld hinter Gittern auch nichts mehr. Charlotte sah vom Nebenraum aus zu, wie Jessy Handschellen angelegt wurden und sie in Begleitung zweier uniformierter Beamter aus dem Raum begleitet wurde. Charlotte traute sich nicht, den Raum zu verlassen, weil sie Jessy nicht im Flur begegnen wollte. ‚Was für ein Monster', schoss es ihr durch den Kopf. ‚Wer verfüttert seine eigene Schwester an Tiere?' Dass Jessy den zweiten Mord an Brechnow Sanne in die Schuhe schieben wollte, erschien Charlotte dagegen mittlerweile als das geringere Übel. Als es an der Tür klopfte, wurde Charlotte aus ihren Gedanken gerissen. Es war Jankovich, der die Tür öffnete. Er sah müde und erschöpft aus, als er zu ihr in den Raum trat und die Tür hinter sich schloss. Einen Augenblick sahen beide sich nur an. Dann brach er die Stille: „Ganz schön wahnsinnig, das Ganze." Er musterte Charlottes Gesicht und ein besorgter Ausdruck legte sich über seine Züge. „Wie geht es Ihnen?" Charlotte biss sich auf die Lippen und sie atmete tief durch. „Ich weiß es ehrlich gesagt nicht. Ich fühle mich grade völlig überfordert. Das war... einfach...", sie schüttelte den Kopf. Jankovich streckte einen Arm in ihre Richtung und sagte: „Kommen Sie, wir gehen ein bisschen nach draußen an die frische Luft." Dankbar kam ihm

Charlotte entgegen. „Na, für Sie war das ja grade auch kein Zuckerschlecken“, bemerkte sie.

Vor dem Präsidium stand Specht neben einem Metallaschenbecher und rauchte. Er nickte Charlotte und Jankovich müde zu, als sie vor die Türe traten. Doch statt sich zu seinem Kollegen zu gesellen, führte Jankovich Charlotte etwas weiter abseits, wo sie alleine sein konnten. Jankovich hatte sein Hemd an den Armen hochgekrempelt und die obersten zwei Knöpfe seines Hemdes geöffnet. Mittlerweile war es Mittagszeit, und die Augustsonne strahlte auf beide herab. Sie liefen auf einen abseits gelegenen, bepflanzten Steinquader zu, der sich im Schatten befand, und Charlotte hockte sich auf den schmalen Rand. Jankovich setzte sich neben sie. Da der Rand des Quaders nur knapp einen Meter lang war, saßen sie dicht beieinander und Charlotte konnte die Wärme spüren, die Jankovichs Unterarme ausstrahlten. Charlotte wusste nicht, was sie sagen sollte, und wieder nahm ihr Jankovich diese Entscheidung ab. „Und, werden Sie gleich heute noch über den Fall schreiben?“ Charlotte schüttelte den Kopf und warf ihm einen schnellen Seitenblick zu. „Nein, auf keinen Fall. Mein Chef hat mir gnädigerweise bis Montag Zeit gegeben, darüber zu schreiben. Ich muss ja ohnehin erst noch Ihre offizielle Berichterstattung zum Fall abwarten.“ Jetzt lächelte sie leicht. Jankovich sagte: „Dann steht einem entspannten Wochenende ja nichts mehr im Weg. Naja, soweit das möglich ist, während Sie das Ganze hier verdauen, hoffe ich.“ Charlotte seufzte, dann fragte sie: „Und, was haben Sie dieses Wochenende vor? Schreiben Sie denn gleich die Akte Jessica Brecht zu Ende?“ Auch Jankovich schüttelte den Kopf. „Nein, auf keinen Fall. Das Protokoll muss ich zum Glück nicht abtippen, so dass ich mir damit nicht das Wochenende verderben muss. Nein, meine...“, er stockte. Er war Charlotte gegenüber zwar nicht verpflichtet, sie über sein Privatleben zu informieren, dennoch fühlte er so etwas wie ein schlechtes Gewissen, als er jetzt einräumte: „Meine Freundin will mit mir das Wochenende in einem Wellness-Bad verbringen.“ Jankovich hatte sich ein Jahr nach seiner Scheidung bei der Plattform Lovescout angemeldet und vor einigen Monaten tatsächlich jemanden kennen gelernt. Ruth war eine attraktive Blondine in Jankovichs Alter. Sie waren sich beide sympathisch und gingen seit Längerem regelmäßig miteinander aus. Charlottes Gesichtszüge veränderten sich nur für wenige Sekundenbruchteile, doch dann nickte sie leicht. „Oh, das... klingt toll! Dann wünsche ich Ihnen dort viel Spaß. Also...“, sagte sie in einem betont fröhlichen Tonfall. „Dann mache ich mich am besten mal auf den Weg nach Hause. Ich werde wahrscheinlich eh gleich abgeholt.“ Sie wollte bereits aufstehen, doch Jankovich griff nach ihrem Arm und hielt sie so noch einen Moment zurück. „Frau Bienert, ich wollte Ihnen noch sagen... also...“, er suchte nach den richtigen Worten. „Sie haben mir wirklich geholfen. Mir und Hubert. Uns beiden. Das... Sie haben das wirklich gut gemacht. Und... Sie haben sich gut gehalten, wenn man bedenkt, was auf dem Spiel stand.“ Wieder warf Charlotte ihm einen Seitenblick zu, und diesmal sah sie ihm etwas länger in die Augen. Dann lächelte sie leicht und sagte: „Danke. Und danke, dass Sie Sannes Namen reingewaschen haben.“ Jankovich nahm seinen Arm wieder weg, und Charlotte stand auf. Sie drehte sich zu ihm um. „Also, dann heißt es jetzt wohl... Auf Wiedersehen?" Sie rechnete damit, dass er ihr sagen würde, dass es kein Wiedersehen geben würde. Dass das nun wirklich ihr letzter gemeinsamer Fall gewesen war. Einige Sekunden sah Jankovich zu ihr auf. Die Sonne stach ihm in die Augen und er hob einen Arm, um seine Augen mit der Hand abzuschirmen. Charlotte konnte dadurch nicht genau erkennen, welcher Ausdruck in seinen Augen lag. Doch sie hörte, wie er ihr lächelnd antwortete: „Auf Wiedersehen, Frau Bienert."

Christine Zilinski

Erklärung:
Die *Wilhelma*, das Polizeipräsidium Stuttgart, die Rehaklinik Glotterbad oder das Cafe Holzapfel gibt es tatsächlich. Allerdings gibt es nicht alle Zoogebäude, Präsidiumsräume oder das Rehagelände in der Form, wie ich sie beschrieben habe. Auch die Zeitung Weinstadt Woche gibt es nicht – ebenso wenig wie die Waiblinger Redaktion dazu. Ebenfalls der Fantasie entsprungen sind alle Personen in diesem Buch, jegliche Übereinstimmungen mit lebenden Personen sind rein zufällig. Äußerungen und Einschätzungen im Buch dienen lediglich zur Darstellung der Geschichte und entsprechen nicht zwangsläufig meiner Meinung.

25865610R00115

Printed in Poland
by Amazon Fulfillment
Poland Sp. z o.o., Wrocław